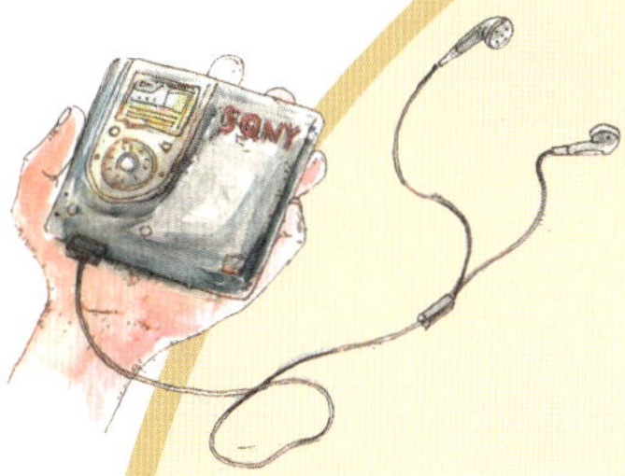

日本的今昔物語
APP 行動學習版

繊細な日本文化の達人
高島匡弘 著

※本書為《日本的今昔物語》全新封面＋APP版

本書內容的年代背景介紹

昔
1960 年代～1980 年代

1960 年代 ─ 戰敗國的重建氣氛

1945年二次世界大戰結束，日本成為敗戰國，東京地區燒成一片荒地。從此，日本花了很長一段時間進行重建修復的工作。整個60年代，都瀰漫在這樣的氣息之中。此時：

- 火車頭列車仍在行駛，大部分的廁所都是茅坑，都市裡有很多菜園。
- 學校都是木造建築，家屋也是露出木紋的簡陋木屋。
- 電視機是超級昂貴的奢侈品，而且還是黑白電視機的時代。

1970 年代 ─ 超人力霸王（鹹蛋超人）、哆啦A夢超人氣！

處於經濟高度成長期，彩色電視機開始普及，帶動漫畫、卡通、音樂的創作力與收視率。但伴隨而來的，卻是嚴重的公害汙染、以及物價居高不下。此時：

- 首都圈東京的學校變成鋼筋校舍，火車頭列車被電車取代。
- 新宿出現四大摩天高樓 ─ 新宿中心大樓、野村大樓、三井大樓、住友大樓。
- 彩色電視機開始普及，西洋音樂流行。
- 超人力霸王、哆啦A夢在這個年代大受歡迎。
- 出現許多經典名作，甚至人氣延續到2000年代，日後並歷經翻拍、授權國外版權等輝煌時期。例如無敵鐵金剛、小甜甜等。

1980 年代 — 經濟穩定，生活品質提高。

經濟更趨穩定，公害問題獲得改善，生活品質提高。此時：
- 80 年代末期，老舊木屋幾乎全改建為防火建材。
- 住民的生活品質獲得保障，各住宅區幾乎都有完善的休閒中心。
- 錄影帶普及，Panasonic（松下）的 VHS 大帶，和 SONY（新力）的 β 小帶並存，兩者尚未分出勝負。
- 重金屬音樂崛起，原宿一到假日就出現街頭藝人表演，及模仿動漫人物的「角色扮演」。
- 1989 年 1 月進入「平成時代」，其意象徵「平安‧成功」。

1990 年代至今 — 勇於創新，卻也懷舊！

接近目前大家印象中的日本近代模樣，日趨科技化，時髦而新穎：
- 電車的剪票方式，從專人剪票變成機械自動化。
- 個人電腦、行動電話開始普及。
- 各種電玩遊戲，如「快打旋風」等熱賣全球。
- 泡沫經濟結束，「終身雇用制」及「年功序列制」瓦解。
- 傳統的「大眾澡堂」沒落，設備豪華的「超級澡堂」興起。
- 從平均壽命只有 40 歲，進展到全球的「長壽國」。
- 因為「情緒主義者」的天性使然，創新的同時，仍保有懷舊本質，形成傳統與創新並存的特殊氛圍。

1960 年～ 2000 年的日本大事記

1960 年代（昭和 35 年－44 年）

1960 年（昭和 35 年）電視台開始播放彩色節目
1964 年（昭和 39 年）東京奧運日本奪得 16 面金牌
1966 年（昭和 41 年）「披頭四」首次在日本舉行演唱會
1966 年（昭和 41 年）首播「超人力霸王」（ウルトラマン）系列
1968 年（昭和 43 年）確認河川的鎘汙染嚴重，引發「痛痛病」
1969 年（昭和 44 年）開始連載漫畫「哆啦 A 夢」（ドラえもん）

1970 年代（昭和 45 年－54 年）

1970 年（昭和 45 年）用舊報紙交換衛生紙的新興行業崛起
1971 年（昭和 46 年）流行女子保齡球
1972 年（昭和 47 年）開始連載漫畫「無敵鐵金剛」（マジンガーZ）
1973 年（昭和 48 年）七十歲以上醫療免費；石油危機、油價狂飆
1974 年（昭和 49 年）李小龍（ブルース・リー）的電影大賣，成為日本人的偶像
1977 年（昭和 52 年）KARAOKE 伴唱機開始流行
1978 年（昭和 53 年）最原始的電玩遊戲—「太空侵略者」（スペースインベーダー）發行

1980 年代（昭和 55 年－平成元年）

1980 年（昭和 55 年）原宿街頭出現模仿動漫人物的「角色扮演」（コスプレイ）
1982 年（昭和 57 年）電影『少林寺』大賣，日本開始流行中國武術
1983 年（昭和 58 年）東京迪士尼樂園開幕；出租唱片行崛起
1984 年（昭和 59 年）色情行業「土耳其浴」在土耳其的抗議下改名
1986 年（昭和 61 年）黛安娜王妃訪日
1987 年（昭和 62 年）國鐵倒閉，成為民營化的 JR 線
1989 年（昭和 64 年）1 月 8 日起年號改為「平成」；開始徵收 5% 的消費稅

1990 年代（平成 2 年－11 年）

1990 年（平成 2 年）泡沫經濟的全盛時期來臨
1994 年（平成 6 年）行動電話普及；「109 辣妹」出現

2000 年代（平成 12 年－21 年）

2000 年（平成 12 年）御宅族（オタク）崛起

作者序

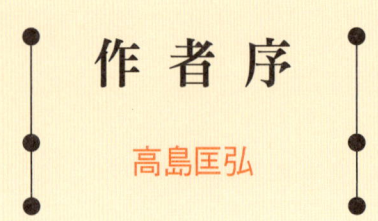

高島匡弘

去過日本的朋友都跟我說，他們覺得日本好乾淨，方便、舒適、又明亮！

可是在我記憶裡，日本並非全然是一個這樣的地方。

日本有好長一段時間，很貧苦、很黑暗。還有地震、火災、公害汙染等問題，一直阻礙著日本的發展。

這一點，台灣也是如此。但如今舉目所見的，是人人拿著手機，悠閒的漫步在五顏六色的地下街。有高聳的 101 大樓，有隨處可見的便利商店，完全是一個繁華大都會的景象。

但在過去，台灣沒有方便的捷運、快速的高鐵。而現在如此便利的環境，是所有生活在這塊土地的人們的心血傑作。

或許跟某些台灣的年輕人述說台灣以前的樣貌時，他們會感到很驚訝。因為他們出生時，台灣已經是現在的樣子了。

我認為,除了要關心未來,也不能忘記過去。

本書中我談到許多日本過去的種種,除了希望大家具體而細微地體會那一個你不曾經歷、甚至無法想像的日本。同時,也能體悟到因為有過去的落後,才有現在的進步,而不忘對上一代的人心存感謝。

- -

對於上一代感謝的心,應該是不分國界的。地球是圓的,文化會流動,任何人的貢獻或作為,都可能影響全球的每一個人。

這是一本與「日本文化論述」有關的書,除了日語學習者之外,我十分希望這本書同時也能獲得並非完全為了學習日文,而是想多了解日本文化的讀者的喜愛。

我們生存的環境是全人類共同創造的,有「昔」的辛苦累積,才有「今」的豐收。最後,希望大家都能為了地球更美好的未來而努力。

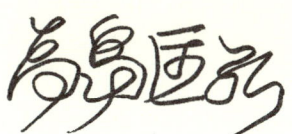

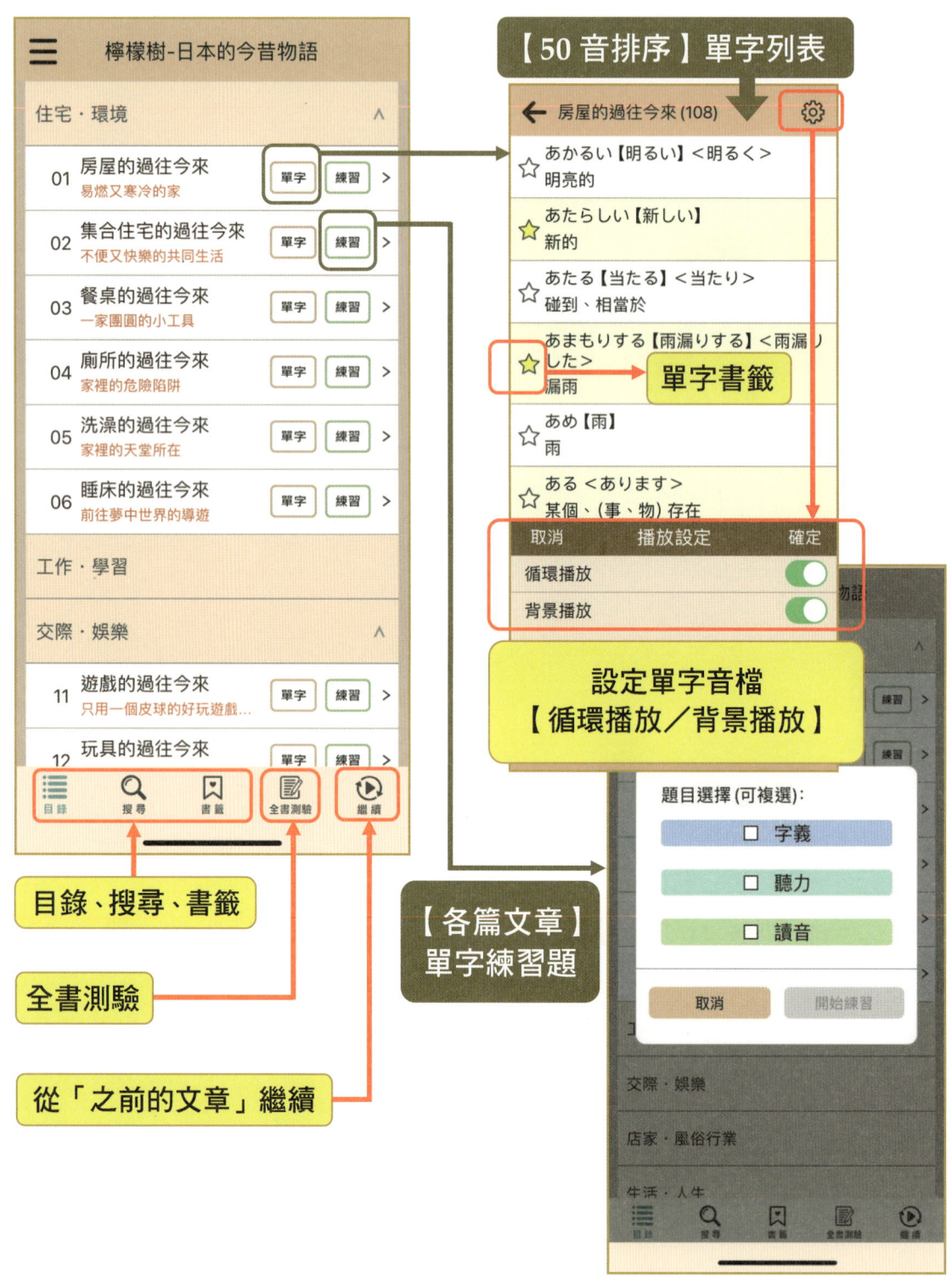

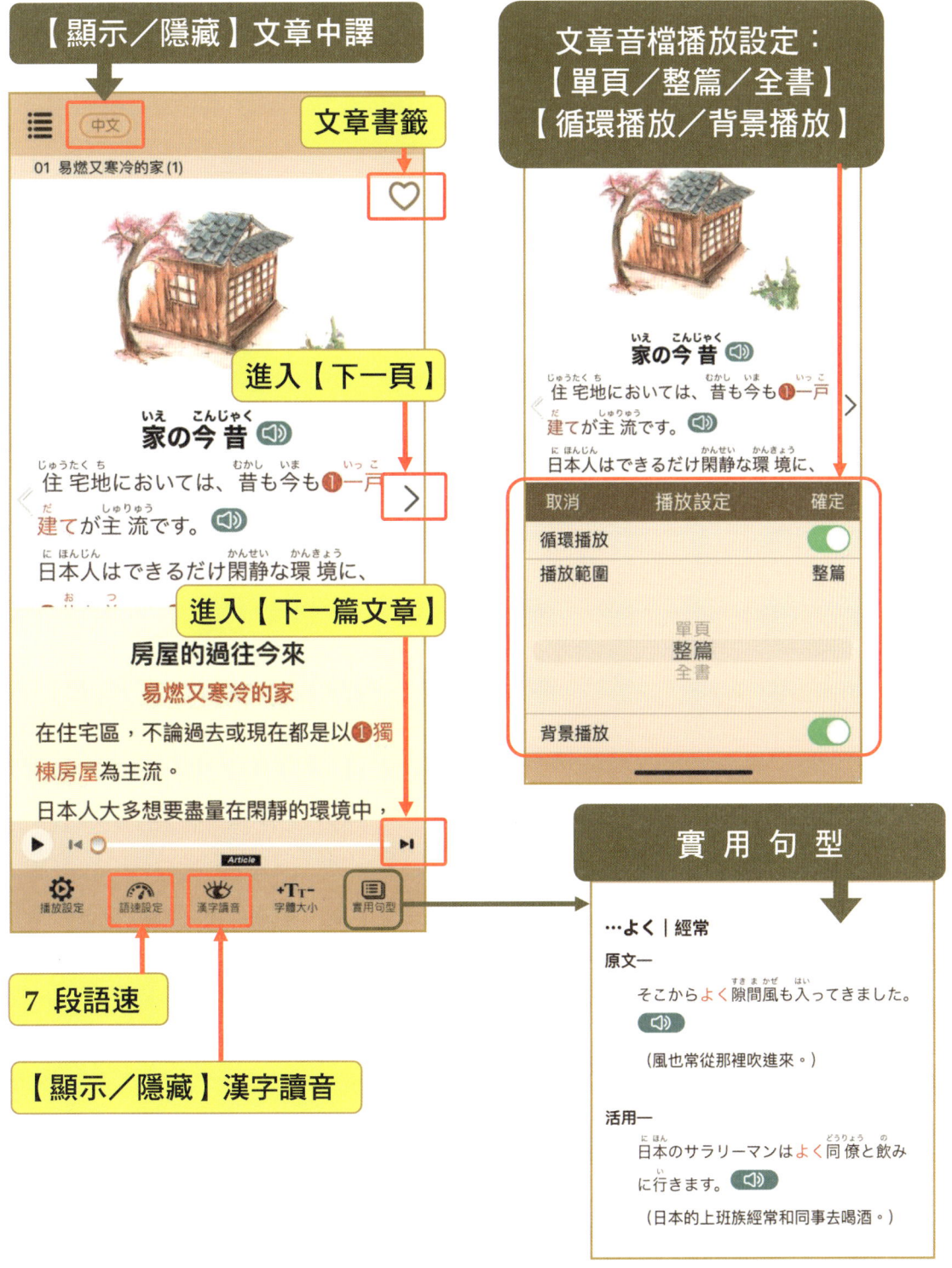

行動學習 APP 介紹 —— 安裝、系統、版本

APP 安裝說明

1 —— 取出隨書附的「APP 啟用說明」：內含 1 組安裝序號
2 —— 掃瞄 QR-code 連至 App Store / Google Play 免費安裝
《 檸檬樹 — 日本的今昔物語 APP 》
3 —— 安裝後，開啟 APP：
點按主畫面〔左上三條線〕點按〔取得完整版〕輸入〔序號〕
點按〔確定〕即完成安裝。

APP 系統 & 版本

● ——〔可跨系統使用〕： iOS / Android 皆適用。
● ——〔適用的系統版本〕：
iOS：支援最新的 iOS 版本以及前兩代。
Android OS：支援最新的 Android 版本以及前四代。

本書特色 1 —— 體驗【中日雙語目錄】的學習趣味

中文版 目錄

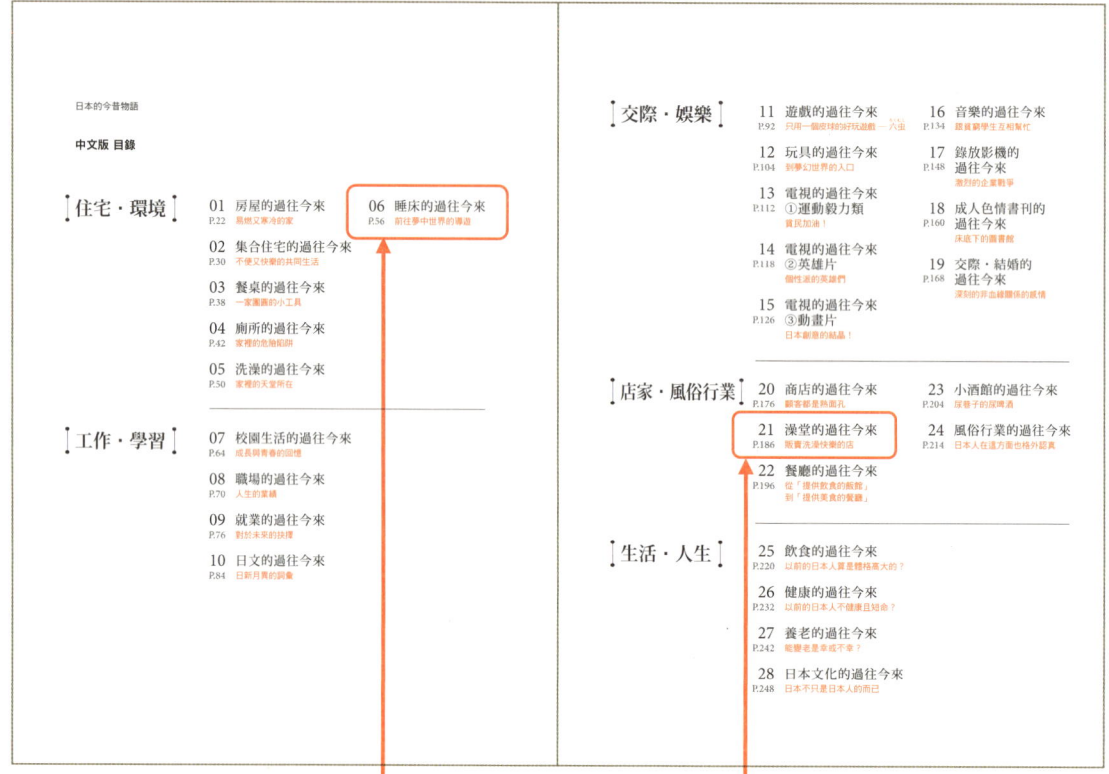

06 睡床的過往今來
前往夢中世界的導遊

21 澡堂的過往今來
販賣洗澡快樂的店

本書特色 1 —— 體驗【中日雙語目錄】的學習趣味

日文版 目錄

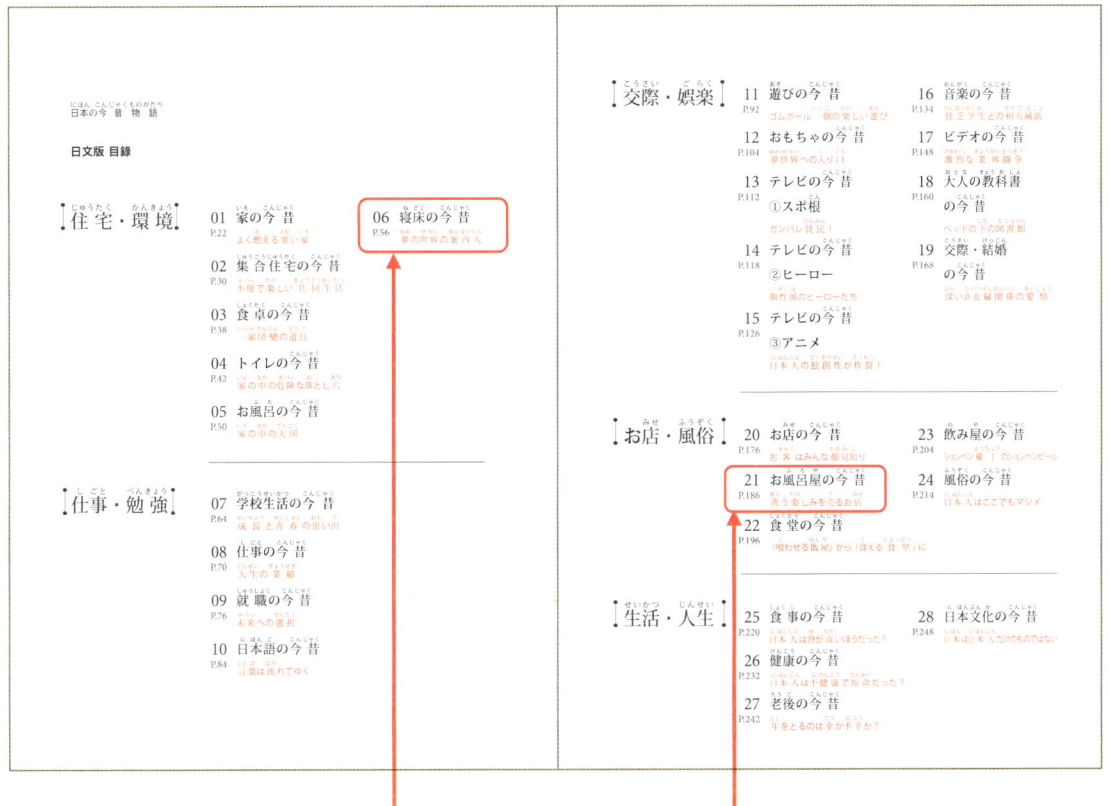

06 寝床の今昔
夢の世界の案内人

21 お風呂屋の今昔
洗う楽しみを売るお店

每個主題，氛圍不同；
用日文怎麼表達，
一起學起來！

本書特色 2

跟隨「故事情境」累積新詞彙，透過上下文，掌握「詞彙、語法」運用！

日中對譯單字，標示清晰，幫助長文閱讀理解。

透過「上下文」，用最自然的方式了解「詞彙、語法」接續‧使用。

本書特色 2

〔紙本書〕精簡說明「字尾變化單字」，
〔APP〕幾乎逐字詳列「全篇單字」，方便「查找字義、聽發音」；
並挑選原文句型再造新句，舉一反三學更多！

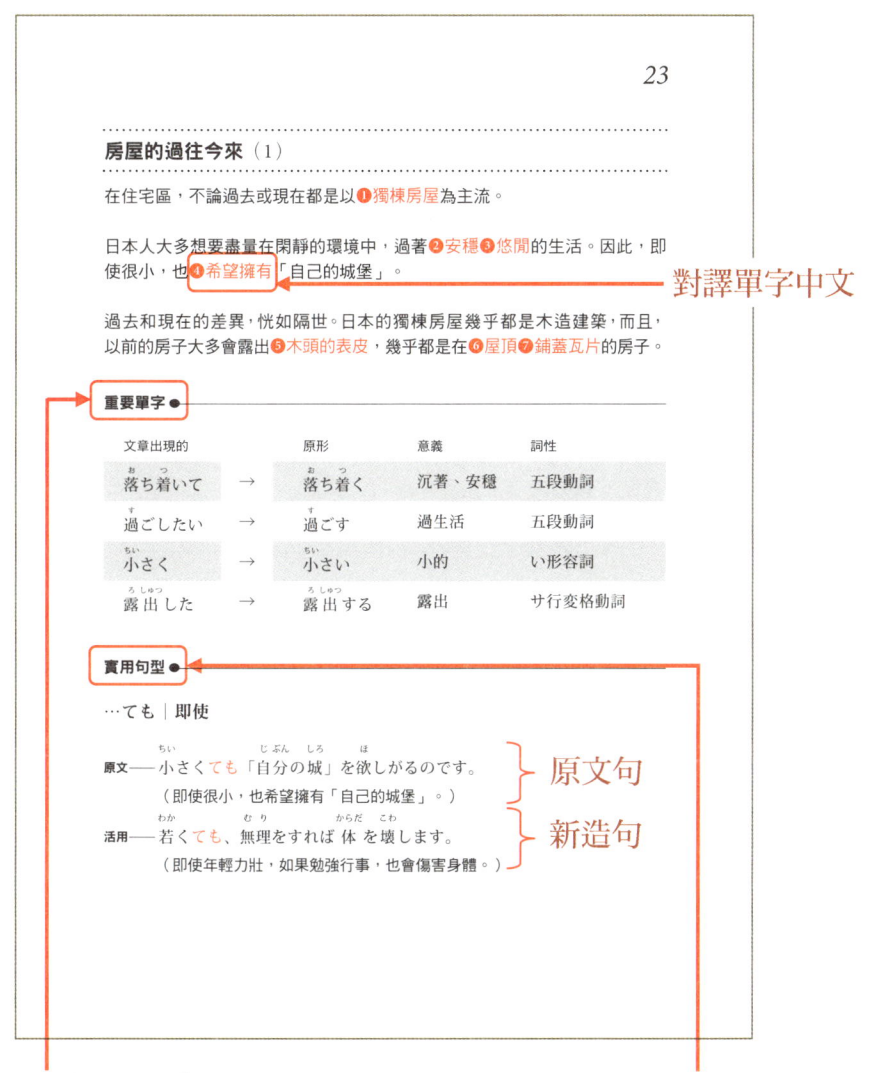

- 〔紙本書〕精簡說明「字尾變化單字」
- 〔APP〕依照「50 音排序」
  幾乎逐字詳列「全篇單字」，
  方便「查找字義」，
  選擇「逐字順讀／隨選單字」聽發音。
- 挑選【實用句型】造新句，舉一反三學更多！

日本的今昔物語

中文版 目錄

【住宅・環境】

01　房屋的過往今來
P.22　易燃又寒冷的家

02　集合住宅的過往今來
P.30　不便又快樂的共同生活

03　餐桌的過往今來
P.38　一家團圓的小工具

04　廁所的過往今來
P.42　家裡的危險陷阱

05　洗澡的過往今來
P.50　家裡的天堂所在

06　睡床的過往今來
P.56　前往夢中世界的導遊

【工作・學習】

07　校園生活的過往今來
P.64　成長與青春的回憶

08　職場的過往今來
P.70　人生的業績

09　就業的過往今來
P.76　對於未來的抉擇

10　日文的過往今來
P.84　日新月異的詞彙

交際・娛樂

11 P.92 遊戲的過往今來
只用一個皮球的好玩遊戲 — 六虫（ろくむし）

12 P.104 玩具的過往今來
到夢幻世界的入口

13 P.112 電視的過往今來 ①運動毅力類
貧民加油！

14 P.118 電視的過往今來 ②英雄片
個性派的英雄們

15 P.126 電視的過往今來 ③動畫片
日本創意的結晶！

16 P.134 音樂的過往今來
跟貧窮學生互相幫忙

17 P.148 錄放影機的過往今來
激烈的企業戰爭

18 P.160 成人色情書刊的過往今來
床底下的圖書館

19 P.168 交際・結婚的過往今來
深刻的非血緣關係的感情

店家・風俗行業

20 P.176 商店的過往今來
顧客都是熟面孔

21 P.186 澡堂的過往今來
販賣洗澡快樂的店

22 P.196 餐廳的過往今來
從「提供飲食的飯館」到「提供美食的餐廳」

23 P.204 小酒館的過往今來
尿巷子的尿啤酒

24 P.214 風俗行業的過往今來
日本人在這方面也格外認真

生活・人生

25 P.220 飲食的過往今來
以前的日本人算是體格高大的？

26 P.232 健康的過往今來
以前的日本人不健康且短命？

27 P.242 養老的過往今來
能變老是幸或不幸？

28 P.248 日本文化的過往今來
日本不只是日本人的而已

にほん こんじゃくものがたり
日本の今昔物語

日文版 目録

【住宅・環境】

01 家の今昔
P.22 よく燃える寒い家

02 集合住宅の今昔
P.30 不便で楽しい共同生活

03 食卓の今昔
P.38 一家団欒の道具

04 トイレの今昔
P.42 家の中の危険な落とし穴

05 お風呂の今昔
P.50 家の中の天国

06 寝床の今昔
P.56 夢の世界の案内人

【仕事・勉強】

07 学校生活の今昔
P.64 成長と青春の思い出

08 仕事の今昔
P.70 人生の業績

09 就職の今昔
P.76 未来への選択

10 日本語の今昔
P.84 言葉は流れてゆく

交際・娯楽

11 遊びの今昔
P.92
ゴムボール一個の楽しい遊び

12 おもちゃの今昔
P.104
夢世界への入り口

13 テレビの今昔
P.112
①スポ根
ガンバレ貧民！

14 テレビの今昔
P.118
②ヒーロー
個性派のヒーローたち

15 テレビの今昔
P.126
③アニメ
日本人の独創性が炸裂！

16 音楽の今昔
P.134
貧乏学生との相互補助

17 ビデオの今昔
P.148
激烈な業界闘争

18 大人の教科書の今昔
P.160
ベッドの下の図書館

19 交際・結婚の今昔
P.168
深い非血縁関係の愛情

お店・風俗

20 お店の今昔
P.176
お客はみんな顔見知り

21 お風呂屋の今昔
P.186
洗う楽しみを売るお店

22 食堂の今昔
P.196
『喰わせる飯屋』から『食える食堂』に

23 飲み屋の今昔
P.204
ションベン横丁のションベンビール

24 風俗の今昔
P.214
日本人はここでもマジメ

生活・人生

25 食事の今昔
P.220
日本人は背が高いほうだった？

26 健康の今昔
P.232
日本人は不健康で短命だった？

27 老後の今昔
P.242
年をとるのは幸か不幸か？

28 日本文化の今昔
P.248
日本は日本人だけのものではない

日本
的
今昔物語

日本的過往今來，完整呈現！

住宅・環境	P.22
工作・學習	P.64
交際・娛樂	P.92
店家・風俗行業	P.176
生活・人生	P.220

家の今昔

易燃又寒冷的家（1）

住宅地においては、昔も今も❶一戸建てが主流です。

日本人はできるだけ閑静な環境に、❷落ち着いて❸ゆっくり過ごしたいという人が多いです。なので、小さくても「自分の城」を❹欲しがるのです。

昔と今では隔世の感があります。日本の一戸建てはほとんどが木造建築です。そして、以前の家は❺木の肌が露出したままのものが多かったです。❻屋根には❼瓦葺の家がほとんどでした。

房屋的過往今來（1）

在住宅區，不論過去或現在都是以❶獨棟房屋為主流。

日本人大多想要盡量在閑靜的環境中，過著❷安穩❸悠閒的生活。因此，即使很小，也❹希望擁有「自己的城堡」。

過去和現在的差異，恍如隔世。日本的獨棟房屋幾乎都是木造建築，而且，以前的房子大多會露出❺木頭的表皮，幾乎都是在❻屋頂❼鋪蓋瓦片的房子。

重要單字 ●

文章出現的		原形	意義	詞性
落ち着いて（お つ）	→	落ち着く（お つ）	沉著、安穩	五段動詞
過ごしたい（す）	→	過ごす（す）	過生活	五段動詞
小さく（ちい）	→	小さい（ちい）	小的	い形容詞
露出した（ろしゅつ）	→	露出する（ろしゅつ）	露出	サ行変格動詞

實用句型 ●

…ても｜即使

原文──小さくても「自分の城」を欲しがるのです。

（即使很小，也希望擁有「自己的城堡」。）

活用──若くても、無理をすれば体を壊します。

（即使年輕力壯，如果勉強行事，也會傷害身體。）

01 家の今昔 易燃又寒冷的家（2）

なので地震が起きると瓦が❶落ちてきて❷人に当たり、火事になると家は❸すぐさま全焼してしまいました。

❹板がむき出しなので家の壁はとても薄かったです。また、❺サッシではない❻窓は❼隙間が多く、風に吹かれて❽ガタガタと音を立てます。そこからよく隙間風も入ってきました。

瓦葺の屋根は雨が降るとよく❾雨漏りしたので、そこによく❿バケツや⓫洗面器を置いていました。

房屋的過往今來（2）

所以一發生地震，瓦片就會❶掉落下來❷砸到人；一發生火災，房子❸馬上付之一炬。

因為是❹木板外露的方式搭建的，所以房子的牆壁非常薄。而且，沒有❺金屬窗框的❻窗戶有許多❼縫隙（接合不密），被風一吹就會❽喀嗒作響，風也常從那裡吹進來。

因為瓦片鋪蓋的屋頂一下雨就經常❾漏雨，所以在漏雨的地方，經常放著❿水桶或⓫臉盆。

重要單字●

文章出現的		原形	意義	詞性
落ちて	→	落ちる	掉落	上一段動詞
当たり	→	当たる	砸到、撞到	五段動詞
全焼して	→	全焼する	全部燒毀	サ行変格動詞
立てます	→	立てる	（聲音）響起	下一段動詞
雨漏りした	→	雨漏りする	漏雨	サ行変格動詞

實用句型●

…よく｜經常

原文──そこからよく隙間風も入ってきました。
　　　　（風也常從那裡吹進來。）

活用──日本のサラリーマンはよく同僚と飲みに行きます。
　　　　（日本的上班族經常和同事去喝酒。）

01 家の今昔 易燃又寒冷的家（3）

また、街灯も今のように自動式の❶蛍光灯ではなく、手動式の❷電球が一個あるだけでした。

暗くなると誰かが❸電気をつけ、明るくなると❹消すのです。それを❺つけてある❻電信柱も❼コンクリートではなく木の柱がほとんどでした。

日本の冬は空気が乾燥しているので木の家はよく火事になり、❽しょっちゅう消防隊が出動していました。

房屋的過往今來（3）

此外，路燈也不是像現在是自動點亮的❶日光燈，而是只有一顆手動點亮的❷燈泡。

天一黑就有人❸開燈，天一亮就❹關掉。❺垂掛著路燈的❻電線桿也不是❼水泥柱，幾乎都是木頭柱子。

因為日本的冬天空氣乾燥，所以木造房屋常發生火災，消防隊❽經常要出動救火。

重要單字 ●

文章出現的	原形	意義	詞性
つけ	→ つける	開（燈）	下一段動詞
明（あか）るく	→ 明（あか）るい	明亮的	い形容詞
乾燥（かんそう）して	→ 乾燥（かんそう）する	乾燥	サ行変格動詞
出動（しゅつどう）して	→ 出動（しゅつどう）する	出動	サ行変格動詞

實用句型 ●

…しょっちゅう｜經常

原文──日本（にほん）の木（き）の家（いえ）はよく火事（かじ）になり、しょっちゅう消防隊（しょうぼうたい）が出動（しゅつどう）していました。

（日本的木造房屋常發生火災，消防隊經常要出動救火。）

活用──私（わたし）のパソコンはしょっちゅうフリーズします。

（我的電腦經常當機。）

01 家の今昔 易燃又寒冷的家（4）

こうした古い家は今ではほとんどが①壊され、新しい家が②立っています。

新しい家は木の肌が③むき出しではなくコンクリートで④塗装され、⑤しかも防火素材が使われているものが多いです。

また、⑥隙間のない⑦アルミサッシが⑧取り付けてあるので風は⑨入ってきませんし、瓦も使わず雨漏りもしません。また、壁は白いものが多いので⑩よけいに明るく⑪清潔に見えます。

房屋的過往今來（4）

這種舊房子現在幾乎都已❶被拆毀，❷蓋起了新房子。

新房子的話，木頭的表皮不是❸外露的，會❹被塗上水泥，❺而且大多使用防火建材。

另外，因為（窗戶）❻安裝❼沒有空隙的❽鋁製窗框，所以風❾吹不進來。（屋頂）也不使用瓦片，所以也不會漏雨。而且牆壁多是白色，所以看起來❿格外明亮⓫乾淨。

重要單字

文章出現的		原形	意義	詞性
壊（こわ）され	→	壊（こわ）す	拆毀	五段動詞
立（た）って	→	立（た）つ	蓋（房子）	五段動詞
塗装（とそう）され	→	塗装（とそう）する	塗抹、粉刷	サ行變格動詞
使（つか）われて	→	使（つか）う	使用	五段動詞
取（と）り付（つ）けて	→	取（と）り付（つ）ける	安裝	下一段動詞

實用句型

…よけいに｜格外、分外

原文——壁（かべ）は白（しろ）いものが多（おお）いのでよけいに明（あか）るく清潔（せいけつ）に見（み）えます。
（因為牆壁多是白色，所以看起來格外明亮乾淨。）

活用——猪木（いのき）は背（せ）が高（たか）いので、よけいに目立（めだ）ちます。
（因為豬木身材高大，所以格外引人注意。）

集合住宅の今昔

不便又快樂的共同生活（1）

日本人の理想は❶庭付きの❷一戸建てです。

しかし、❸都内に住む人にとっては❹ただでさえ物価の高い土地に土地付き一戸建て住宅を購入することは、非常に❺大変なことです。

なので、それができないと集合住宅に住むことになります。
集合住宅には❻アパートと❼マンションがあります。簡単に言えば、大体小さくて❽エレベーターがないものをアパート、大きくてエレベーター付きのものをマンションと呼びます。

集合住宅的過往今來（1）

日本人心中的理想住家是❶附庭院的❷獨棟房屋。

但是，對於住在❸東京都內的人而言，在物價❹原本就很高的地段購買附土地的獨棟房屋，是非常❺困難的事。

因此，沒辦法做到的話，就會決定住「集合住宅」。「集合住宅」分為❻公寓和❼大廈，簡單來說，大致上是把面積小、沒有❽電梯的稱為「公寓」；面積大一點、有電梯的稱為「大廈」。

重要單字 ●

文章出現的	原形	意義	詞性
あります	→ ある	有（事物）	五段動詞
言えば	→ 言う	說	五段動詞
呼びます	→ 呼ぶ	稱為	五段動詞

實用句型 ●

…ただでさえ｜原本就…

原文──都内に住む人にとってはただでさえ物価の高い土地に土地付き一戸建て住宅を購入することは…

（對於住在東京都內的人而言，在物價原本就很高的地段購買附土地的獨棟房屋…）

活用──ただでさえ強い鬼が金棒を持ったら無敵です。それで、強い人がさらに強くなることを「鬼に金棒」と言います。

（原本就強大的妖怪一旦擁有鐵棍，更是所向無敵。所以，日文用「鬼に金棒」（如虎添翼）形容強者變得更強。）

02 集合住宅の今昔　不便又快樂的共同生活（2）

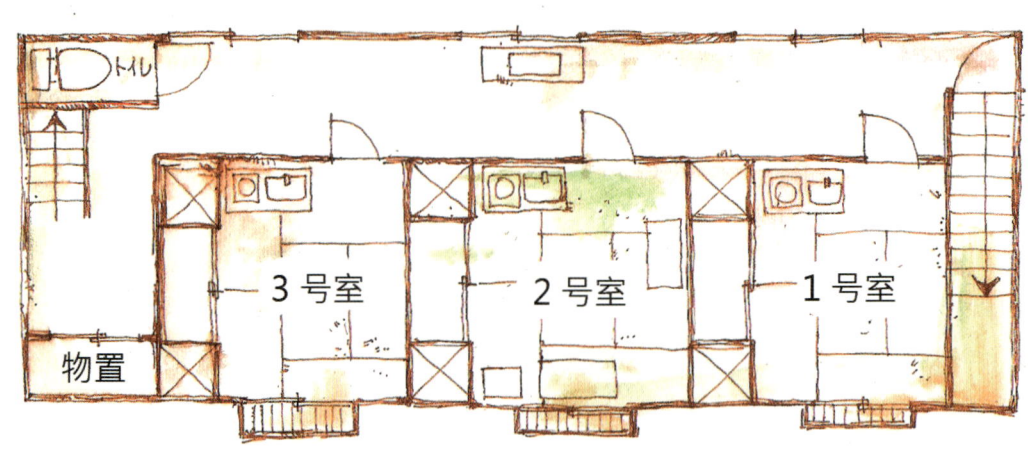

❶どちらも、慣習的には「家」と❷呼ばずに「❸部屋」と呼びます。

一国一城、独立したものを「家」と呼ぶのが習慣で、そこには日本人の住宅観が❹表われています。

以前のアパートは木造建築の所が❺ほとんどでした。なので、❻ガスを焚くと❼燃えやすくて危険、排水設備の設置が難しい、場所が❽狭い、などの理由により、❾風呂場のないのが一般的でした。そうした環境により、街の商店街には❿必ず⓫お風呂屋がありました。

集合住宅的過往今來（2）

❶不論哪一種，習慣上都❷不稱為「家」，而稱為「❸房間」。

日本人習慣將一個國家、一個城堡，這種獨立而完整的個體稱為「家」，那也❹呈現出日本人的住宅觀。

以前的公寓❺幾乎都是木造建築。因此，基於一❻點燃瓦斯就❼容易著火，很危險；加上不易設置排水設施、地方❽狹窄等原因，一般都沒有❾浴室。在那樣的環境下，城裡的商店街上❿一定有⓫澡堂。

重要單字

文章出現的		原形	意義	詞性
独立（どくりつ）した	→	独立（どくりつ）する	獨立	サ行変格動詞
表（あら）われて	→	表（あら）われる	表現	下一段動詞
燃（も）え	→	燃（も）える	著火	下一段動詞

實用句型

…やすくて｜容易…

原文──ガスを焚（た）くと燃（も）えやすくて危（き）険（けん）…
　　　　（一點燃瓦斯就容易著火，很危險…）

活用──この本（ほん）はわかりやすくて好評（こうひょう）です。
　　　　（這本書容易理解，廣受大家好評。）

02 集合住宅の今昔　不便又快樂的共同生活（3）

❶元々アパートは❷賃貸❸のみを目的として建てられたものなので❹持ち主は❺家主一人で、❻住人は必ず❼入れ替わります。

なので、最初からあまり❽しっかりと作っておらずに❾安普請でした。また、所❿によっては⓫台所や⓬トイレなども共用のものが部屋の外に設置されている所も多かったです。

こうした古いアパートの生活を⓭細かく⓮描写した漫画作品に「めぞん一刻・高橋留美子作」があります。

集合住宅的過往今來（3）

❶原本，公寓就是❷只以❸出租為目的而被建造的，所以❹持有者為❺房東一人，❻居住者必定會❼不斷更替。

因此，公寓打從一開始就蓋得不太❽堅固，屬於❾廉價建築。而且，❿依據各地不同，許多地方甚至將⓫廚房和⓬廁所等公用設施設置在房間外面。

有一部日本漫畫——「相聚一刻」（高橋留美子著），就⓭詳細地⓮刻畫出這種老式公寓的生活情景。

重要單字

文章出現的		原形	意義	詞性
建（た）てられた	→	建（た）てる	建造	下一段動詞
入（い）れ替（か）わります	→	入（い）れ替（か）わる	更替	五段動詞
作（つく）って	→	作（つく）る	蓋（房子）、製作	五段動詞
設置（せっち）されて	→	設置（せっち）する	設置	サ行変格動詞

實用句型

…元々（もともと）｜原本

原文——元々（もともと）アパートは賃貸（ちんたい）のみを目的（もくてき）として建（た）てられたものなので持（も）ち主（ぬし）は家主一人（やぬしひとり）で…

（原本，公寓就是只以出租為目的而被建造的，所以持有者為房東一人…）

活用——元々（もともと）日本（にほん）は、四方（しほう）から流入（りゅうにゅう）してきた移民（いみん）が混血（こんけつ）して出来上（できあ）がった雑多（ざった）な民族（みんぞく）です。

（日本原先就是一個從四面八方的移民，所融合而成的多元民族。）

02 集合住宅の今昔　不便又快樂的共同生活（4）

時代が❶変わると、アパートよりも高級にして❷家賃を高くしたマンションが❸現われました。マンションはすべて台所やトイレ、風呂場などが❹完備しています。

以前はマンションも❺賃貸だけでしたが、台湾のように部屋一つを❻売却する「❼分譲マンション」も出現しました。

誰かが購入した分譲マンションを他の誰かに❽貸すことを「❾分譲賃貸」と呼びます。

集合住宅的過往今來（4）

時代❶變遷，結果就❷出現了弄得比公寓更高級、❸房租更貴的大廈。大廈的話，廚房、廁所、浴室等，全部都❹一應俱全。

以前大廈也只供❺出租，但是後來也出現了像台灣一樣，把房間一間一間❻出售的「❼分售大廈」。

某人買了「分售大廈」❽出租給其他人，稱為「❾分售租賃」。

重要單字

文章出現的		原形	意義	詞性
現_{あら}われました	→	現_{あら}われる	出現	下一段動詞
完_{かんび}備して	→	完_{かんび}備する	完備、齊全	サ行變格動詞
出_{しゅつげん}現しました	→	出_{しゅつげん}現する	出現	サ行變格動詞
購_{こうにゅう}入した	→	購_{こうにゅう}入する	購買	サ行變格動詞

實用句型

…だけ｜只有、僅

原文——以前はマンションも賃貸だけでしたが…
　　　（以前大廈也只供出租…）

活用——外国語は理解しただけではしゃべれません。
　　　（外語光是理解的話，無法做出表達。）

食卓の今昔

一家團圓的小工具（1）

❶まだ日本が❷貧乏だったころ、❸一戸建てといっても豪華ではありませんでした。

❹一家全員が❺わずか一間で寝ていたことも多かったです。❻狭いのは❼四畳半、広くても六畳の部屋に❽みんなで❾寝起きするのです。

そんな時代には、❿テーブルと⓫椅子を固定して⓬置いておくことは⓭少なく、食事の時だけ⓮出してきて⓯食事が済んだら⓰片付ける⓱折りたたみ式の食卓が主流でした。これを「⓲ちゃぶ台」と言います。

餐桌的過往今來（1）

在日本❶仍然❷貧困的時候，即便說是❸獨棟房屋，也不豪華。

也很多是❹一家人睡在❺小小的一間。❻面積小的，是❼四個半的榻榻米；即使寬敞的，也不過六個榻榻米，在這樣的房間❽大家一起❾生活。

在那樣的時代，⓭很少將❿桌⓫椅固定⓬放著。只在吃飯時⓮拿出來，⓯吃完飯之後就⓰收起來的⓱折疊式餐桌是當時的主流，這樣的餐桌稱為「⓲矮腳餐桌」。

重要單字 ●

文章出現的		原形	意義	詞性
寝て（ね）	→	寝る（ね）	睡覺	下一段動詞
広くても（ひろ）	→	広い（ひろ）	寬敞的	い形容詞
置いて（お）	→	置く（お）	放置	五段動詞
出して（だ）	→	出す（だ）	拿出	五段動詞

實用句型 ●

…わずか｜小的、一點點的

原文──一家全員（いっかぜんいん）がわずか一間（ひとま）で寝（ね）ていたことも多（おお）かったです。
　　　（也很多是一家人睡在小小的一間。）

活用──飛行機会社（ひこうきがいしゃ）はわずか一回（いっかい）の事故（じこ）でも賠償額（ばいしょうがく）が大変（たいへん）です。
　　　（即便只是一次小意外，航空公司的賠償金額也非常驚人。）

03 食卓の今昔 一家團圓的小工具（2）

❶畳に坐って、「ちゃぶ台」で食事をする家庭が❷ほとんどでした。

食事の時は、畳に❸正座するか❹胡坐をかいて坐りました。❺ただ、女性は胡坐をかいて坐ることは普通は❻許されませんでした。

現代では食事の❼間が専用にある家庭が❽ほとんどなので、テーブルと椅子で食事をする家庭がほとんどです。

餐桌的過往今來（2）

❷大部分的家庭都是坐在❶榻榻米上面，使用「矮腳餐桌」吃飯。

吃飯時，會❸正坐（註）或❹盤腿坐在榻榻米上。❺不過，女性通常是❻不被允許盤腿而坐的。

在現代，因為❽幾乎所有的家庭都有專門的用餐❼空間，所以幾乎所有的家庭都使用一般的桌椅吃飯。

（註）正坐：一種正式的日式坐姿，類似膝蓋併攏後跪坐。

重要單字 ●

文章出現的		原形	意義	詞性
坐って（すわ）	→	坐る（すわ）	坐	五段動詞
許されません（ゆる）	→	許す（ゆる）	允許	五段動詞

實用句型 ●

…ただ｜但是、然而、不過

原文──ただ、女性は胡坐をかいて坐ることは普通は許されませんでした。
（じょせい　あぐら　すわ　ふつう　ゆる）
　　　（不過，女性通常是不被允許盤腿而坐的。）

活用──ただ、社長といっても小さな会社のです。
（しゃちょう　ちい　かいしゃ）
　　　（然而，雖說是社長，也只是一間小公司的社長。）

トイレの今昔
家裡的危險陷阱（1）

現在では日本のトイレはどこでも❶清潔です。しかし、そこまでいくには長い年月が❷かかったのです。

❸汚物の処理は、❹増え続ける人類全体の問題であるとも❺言えます。

以前の家屋では、トイレ（というより「便所」）が❻母屋から離れて設置されていることも多かったです。❼水洗トイレがなかった時代にはどこも❽汲み取り便所でした。

廁所的過往今來（1）

現在，日本無論哪裡的廁所都很❶乾淨。然而，進展到這種程度，是❷花費了相當長的時間。

❸排泄物的處理，也❺可說是❹持續增加的全體人類的共同課題。

日本以前的住家，廁所（稱為「茅房」更貼切）大多和❻主屋有一段距離，在沒有❼抽水馬桶的時代，每個地方都是❽抽水肥式的廁所。

重要單字

文章出現的		原形	意義	詞性
かかった	→	かかる	花費	五段動詞
離れて	→	離れる	相隔、遠離	下一段動詞
設置されて	→	設置する	設置	サ行変格動詞
なかった	→	ない	沒有（事物）	い形容詞

實用句型

…しかし｜然而、不過

原文── しかし、そこまでいくには長い年月がかかったのです。
　　　　（然而，進展到這種程度，是花費了相當長的時間。）

活用── しかし、事故が起こっても人命は無事だったのが幸いでした。
　　　　（雖然發生事故，但性命平安算是非常幸運的。）

04 トイレの今昔（こんじゃく） 家裡的危險陷阱（2）

それで、❶臭（くさ）いし汚（きた）ないので❷できるだけ離（はな）れていたほうがよかったのです。

また、そのほうが❸汲（く）み取（と）り屋（や）が来（き）た時（とき）にも便利（べんり）だったのです。

１９６０年代（せんきゅうひゃくろくじゅうねんだい）までは、東京都内（とうきょうとない）❹といえども汲（く）み取（と）り便所（べんじょ）がまだまだ❺残（のこ）っていました。汲（く）み取（と）り屋（や）は「❻バキューム・カー」で定期的（ていきてき）にやってきて、各家庭（かくかてい）の便所（べんじょ）から汚物（おぶつ）を❼吸（す）い上（あ）げました。

廁所的過往今來（2）

所以，由於（抽水肥式廁所）❶又臭又髒，最好❷盡量遠離主屋。

而且，那樣子❸水肥業者來（處理）時也比較方便。

直到１９６０年代，❹即使在東京都內，都還❺留有抽水肥式廁所。水肥業者開著❻抽水肥車定期前來，從每個家庭的廁所❼抽取排泄物。

重要單字

文章出現的		原形	意義	詞性
離(はな)れていた	→	離(はな)れる	相隔、遠離	下一段動詞
残(のこ)っていました	→	残(のこ)る	殘留	五段動詞
やってきて	→	やってくる	過來	五段動詞
吸(す)い上(あ)げました	→	吸(す)い上(あ)げる	抽取	下一段動詞

實用句型

…ほうがよかった ｜ （當時）…比較好

原文──臭(くさ)いし汚(きたな)ないのでできるだけ離(はな)れていたほうがよかったのです。
　　　　（由於又臭又髒，最好盡量遠離主屋。）

活用──台湾新幹線(たいわんしんかんせん)ができるまでは、飛行機(ひこうき)に乗(の)ったほうがよかったのです。
　　　　（台灣的新幹線完工前，搭飛機比較好。）

04 トイレの今昔(こんじゃく) 家裡的危險陷阱（3）

この汲(く)み取(と)り便所(べんじょ)は、子供(こども)にとっては❶うっかり❷足(あし)を滑(すべ)らせると、❸穴(あな)に落(お)ちてしまうほど危険(きけん)なものでした。

そして落(お)ちてしまうと❹いくら洗(あら)っても一週間(いっしゅうかん)は❺においが❻取(と)れません。❼特(とく)に、離(はな)れにある便所(べんじょ)に夜一人(よるひとり)で行(い)く時(とき)には❽怖(こわ)いし寒(さむ)いし❾大変(たいへん)だったのです。

現代(げんだい)のトイレは、豪華(ごうか)なものになると「化粧室(けしょうしつ)」と言(い)われるほど清潔(せいけつ)で、

廁所的過往今來（3）

這種抽水肥式廁所對小孩子而言，是一❶不小心❷滑跤就可能❸掉入坑洞般的危險地帶。

而且一旦掉進去，❹不論怎麼清洗，身上的❺味道一個禮拜也❻無法消除。❼尤其，晚上要一個人去（與主屋）有一段距離的廁所時，那種❽又怕又冷的感覺，實在❾非常痛苦。

現代的廁所變得非常豪華，甚至到可以稱為「化妝室」那種程度的乾淨。

重要單字

文章出現的	原形	意義	詞性
滑らせる	→ 滑る	滑、滑倒	五段動詞
落ちて	→ 落ちる	墜落、掉下去	上一段動詞
洗って	→ 洗う	清洗	五段動詞
取れません	→ 取る	消除	下一段動詞

實用句型

…にとって｜對…而言

原文——この汲み取り便所は、子供にとってはうっかり足を滑らせると、穴に落ちてしまうほど危険なものでした。

（這種抽水肥式廁所對小孩子而言，是一不小心滑跤就可能掉入坑洞般的危險地帶。）

活用——生徒にとっては、授業数は少なければ少ないほどいいのです。

（對學生而言，上課時數越少越好。）

04 トイレの今昔 家裡的危險陷阱（4）

・・・

水洗式❶だけでなく❷洗浄便座も❸当たり前になっています。

なので「夜一人でトイレに行くのが怖い」などという心理は、今の子供には❹わからないかもしれません。

また、今では法律で、汲み取り便所は❺政府に見つかると、3年以内に水洗式に❻改造しないといけない❼決まりになっています。

廁所的過往今來（4）

❶不僅抽水馬桶，❷免治馬桶也很❸普遍常見。

因此，「夜裡一個人膽戰心驚上廁所」之類的心情，對現在的小孩子或許❹無法理解吧。

此外，現在法律❼規定，一旦❺被政府發現仍在使用抽水肥式廁所，就必須在 3 年內❻改裝為抽水馬桶。

重要單字 ●

文章出現的		原形	意義	詞性
なっています	→	なる	變成…	五段動詞
改造しない（かいぞう）	→	改造する（かいぞう）	改裝	サ行変格動詞
いけない	→	いける	可行	下一段動詞

實用句型 ●

…だけでなく…も｜不只、不光是…，…也

原文—— 水洗式（すいせんしき）だけでなく洗浄便座（せんじょうべんざ）も当（あ）たり前（まえ）になっています。
　　　（不僅抽水馬桶，免治馬桶也很普遍常見。）

活用—— 喫煙者（きつえんしゃ）だけでなく周（まわ）りの人（ひと）にもタバコは悪影響（あくえいきょう）を及（およ）ぼします。
　　　（不僅吸菸者本身，香菸對周遭的人也會造成不良影響。）

お風呂の今昔
家裡的天堂所在（1）

日本人は①昔も今も②お風呂が大好きです。食事と同様、生活に必要なものではありますが、同時に③楽しみでもあります。

日本人は家族全員で④風呂桶に⑤入れた⑥お湯を使うのでどんどん⑦冷めていきます。それで、加熱が必要となるのです。

最も早期のお風呂は⑧薪で⑨沸かしました。それから⑩時代が下ると、⑪今度はガスで沸かすようになりました。風呂桶の⑫横に⑬水を沸かす⑭ガスコンロのような熱源があり、そこを「⑮風呂釜」と呼びました。

洗澡的過往今來（1）

❶不論過去或現在，日本人都很喜歡❷洗澡。和吃飯一樣，是生活中不可或缺的一件事，同時也是一種❸樂趣。

因為日本人是全家人（依序）使用❺注入❹澡盆內的❻熱水，而熱水會持續地❼不斷變涼，所以有加熱的必要。

最早期的洗澡水是利用❽柴火❾煮沸。然後❿時代演變，⓫近期變成用瓦斯燒開。在澡盆⓬旁邊有一個像⓭燒水的⓮瓦斯爐的熱源，稱為「⓯澡盆鍋爐」。

重要單字

文章出現的		原形	意義	詞性
入(い)れた	→	入(い)れる	放入	下一段動詞
冷(さ)めて	→	冷(さ)める	變冷、涼掉	下一段動詞
沸(わ)かしました	→	沸(わ)かす	燒開、加熱	五段動詞

實用句型

…と同様(どうよう)｜和…一樣

原文── 食事(しょくじ)と同様(どうよう)、生活(せいかつ)に必要(ひつよう)なものではありますが…

（和吃飯一樣，是生活中不可或缺的一件事…）

活用── 相撲(すもう)も空手(からて)と同様(どうよう)、中国(ちゅうごく)が起源(きげん)です。

（相撲和空手道一樣，都是起源於中國。）

05 お風呂の今昔　家裡的天堂所在（2）

以前のお風呂を沸かす❶手順は、❷まず風呂桶に水を❸入れ、それから風呂釜で❹火を焚いて❺暖かくしました。

夏と冬では水温が❻違い、加熱時間も違うので、❼まちがえると❽熱すぎたり❾ぬるすぎたりしました。

また、❿うっかり火を止めるのを忘れて沸騰してしまったり、風呂桶の⓫栓が⓬抜けて水が⓭なくなり、「⓮空焚き」の火事などもよく⓯起こりました。

洗澡的過往今來（2）

以前，燒洗澡水的❶順序是❷先在澡盆裡❸注入水，然後用澡盆鍋爐❹燒火❺加熱。

因為夏天和冬天的水溫❻不同，加熱時間也不一樣，一旦❼弄錯，水溫就會❽太燙或❾太涼。

而且，❿不小心忘記關火而讓水持續沸騰，或是澡盆的⓫堵水塞⓬鬆開，水⓭流完了，也經常⓯引發「⓮空燒」的火災等等。

重要單字

文章出現的		原形	意義	詞性
焚（た）いて	→	焚（た）く	燒	五段動詞
違（ちが）い	→	違（ちが）う	不同	五段動詞
忘（わす）れて	→	忘（わす）れる	忘記	下一段動詞
抜（ぬ）けて	→	抜（ぬ）ける	脫落	下一段動詞
起（お）こりました	→	起（お）こる	發生	五段動詞

實用句型

…すぎ｜太…、過度…

原文──夏（なつ）と冬（ふゆ）では水温（すいおん）が違（ちが）い、加熱時間（かねつじかん）も違（ちが）うので、まちがえると熱（あつ）すぎたりぬるすぎたりしました。

（因為夏天和冬天的水溫不同，加熱時間也不同，一旦弄錯，水溫就會太燙或太涼。）

活用──スパゲティーは煮（に）すぎると腰（こし）がなくなりおいしくないです。

（義大利麵一旦煮太久會失去咬勁，不好吃。）

05 お風呂の今昔 家裡的天堂所在（3）

最近の家庭では、ガスではなく❶電気でお風呂を沸かします。

最初から電気で加熱した❷お湯が❸出てきて自動的に❹止まるので、安全で便利で、以前のような失敗や事故は起こらなくなりました。

雪の降る日に❺ゆっくり❻浴槽に❼浸かるのは特別に❽気持ちがいいものです。また、浴槽に浸かりながら、❾蛇口から水を❿飲む人も⓫たくさんいます。日本は⓬水道水が直接飲めるので、熱いお風呂に入りながら水を飲むと⓭格別おいしいのです。

洗澡的過往今來（3）

最近的家庭不是使用瓦斯，而是使用❶電力加熱洗澡水。

因為從一開始利用電力加熱的❷熱水❸流出後，加熱就會自動❹終止，所以既安全又方便，也不會引發像以前一樣的加熱失敗或意外。

在雪花紛飛的日子，❺悠閒地❼浸泡在❻浴缸裡，是格外❽舒暢無比的事。而且，⓫許多人會一邊泡澡，一邊❿喝從❾水龍頭流出的水。因為日本⓬自來水可以直接生飲，一邊泡著暖呼呼的熱水澡一邊喝水，會感覺⓭特別美味。

重要單字

文章出現的		原形	意義	詞性
加熱（かねつ）した	→	加熱（かねつ）する	加熱	サ行変格動詞
浸（つ）かりながら	→	浸（つ）かる	浸泡	五段動詞
入（はい）りながら	→	入（はい）る	泡（澡）	五段動詞

實用句型

…ので｜因為…

原文——最初（さいしょ）から電気（でんき）で加熱（かねつ）したお湯（ゆ）が出（で）てきて自動的（じどうてき）に止（と）まるので、安全（あんぜん）で便利（べんり）で…

（因為從一開始利用電力加熱的熱水流出後，加熱就會自動終止，所以既安全又方便…）

活用——夏（なつ）は汗（あせ）をかくので、血液（けつえき）が濃（こ）くなりやすいです。

（因為夏天會出汗，所以血液濃度容易變高。）

寝床の今昔

前往夢中世界的導遊（1）

日本語では「寝る❶より❷楽は❸なかりけり。❹浮世の❺馬鹿は起きて❻働く」と❼よく言います。

これは、睡眠が❽どれほど❾気持ちのいいものかを❿よく表しています。

以前のように⓫一間に⓬寝起きしていた家では、食べる所も寝る所も⓭みな⓮一緒でした。食事専用の⓯食堂、睡眠専用の⓰寝室などはありませんでしたから、使う時だけ出してきて使わない時には収納するようになります。

睡床的過往今來（1）

日文裡有一句❼常說的話——「❸沒有❶比睡覺❷快樂的，❹世間的❺傻子才會起床❻工作。」

這句話❿充分表達出睡覺是一件❽多麼❾舒服的事。

在像以前一樣，擠在⓫一個房間裡⓬生活的家庭的話，吃飯的地方和睡覺的地方⓭全都⓮一樣。沒有吃飯專用的⓯飯廳、睡覺專用的⓰臥房等等，只在要使用時把東西擺出來，不用的時候就會收起來。

重要單字

文章出現的		原形	意義	詞性
起<small>お</small>きて	→	起<small>お</small>きる	起床	上一段動詞
表<small>あらわ</small>して	→	表<small>あらわ</small>す	表達	五段動詞
寝起<small>ねお</small>きして	→	寝起<small>ねお</small>きする	生活	サ行変格動詞
使<small>つか</small>わない	→	使<small>つか</small>う	使用	五段動詞

實用句型

…ように｜像…一樣

原文──以前のように一間に寝起きしていた家では…
（在像以前一樣，擠在一個房間裡生活的家庭的話…）

活用──彼女は子供のように無邪気です。
（她像小孩一樣天真無邪。）

06 寝床の今昔 前往夢中世界的導遊（２）

日本伝統の寝床も、❶畳の部屋に直接❷布団を❸敷いて寝ます。

下の布団を「❹敷き布団」、上の布団を「❺掛け布団」と言います。寝る時には❻押入れ（註）から出して、朝起きた時には❼畳んで「押入れ」に❽入れます。

布団を❾敷きっぱなしにしているのは「❿万年床」と言い、⓫だらしないと言われます。

睡床的過往今來（2）

日本傳統的「鋪床」，也是在❶榻榻米房間直接❸鋪上❷被子來睡覺。

鋪在下面的被子稱為「❹墊被」，上面的稱為「❺蓋被」。要睡覺時從❻壁櫥（註）拿出來，早上起床時再❼折好❽放入壁櫥。

被子❾攤放著不折，日文稱為「❿万年床」（永不整理的床鋪），會被說⓫邋遢。

（註）押入れ：日式房間內緊靠牆壁的收納櫥櫃。

重要單字

文章出現的		原形	意義	詞性
敷いて	→	敷く	鋪	五段動詞
畳んで	→	畳む	折、疊	五段動詞
入れます	→	入れる	放入	下一段動詞
言われます	→	言う	說	五段動詞

實用句型

…ぱなし｜…後放著不理

原文──布団を敷きっぱなしにしているのは「万年床」と言い…
（被子攤放著不折，日文稱為「万年床」…）

活用──パソコンを付けっぱなしにしていると電気代がかかります。
（如果電腦一直開著不關，很浪費電費。）

06 寝床の今昔 前往夢中世界的導遊（3）

現在では❶ベッドを使う家も❷増えてきました。

また、一つの家の中で子供はベッドで寝て、夫婦は❸布団を敷いて寝るなど、洋室と和室が❹混在していることが多いです。外では、❺ホテルはベッド、❻旅館は布団が多いです。

❼どちらかと言えば、部屋を広く使え、しかも❽寝相の悪い人でも安心な布団のほうが便利です。それに、❾床に直接寝るほうが気持ちがいいです。

睡床的過往今來（3）

現在的話，使用❶西式床鋪的家庭也❷越來越多。

而且一個家庭中，小孩子睡西式床鋪、夫妻❹鋪被子睡覺之類的，西式與和式房間❹混合在一起也很普遍。而外面的住宿地點，❺飯店多是西式床鋪，❻日式旅館則以「被子鋪床」居多。

如果要說❼哪一種比較好，可以寬敞地使用房間的空間，而且即使❽睡相不好的人也能安心睡覺的「被子鋪床」還是比較方便。而且，直接睡在❾地板上也比較舒服。

重要單字

文章出現的	原形	意義	詞性
増えて（ふ）	増える（ふ）	增加	下一段動詞
混在して（こんざい）	混在する（こんざい）	混合	サ行変格動詞
広く（ひろ）	広い（ひろ）	寬廣的	い形容詞
使え（つか）	使う（つか）	使用	五段動詞

實用句型

…増えてきました｜逐漸增加

原文──現在ではベッドを使う家も増えてきました。
（現在的話，使用西式床鋪的家庭也越來越多。）

活用──最近は自転車に乗れない人も増えてきました。
（最近不會騎腳踏車的人也越來越多。）

06 寝床の今昔　前往夢中世界的導遊（4）

日本の運動部の❶合宿 とか❷修学旅行（学校旅行）などでは、大部屋に布団を敷いて❸多人数が一緒に寝ます。

これを「雑魚寝」と言います。

また、「❹枕投げ」も修学旅行や合宿の❺定番です。❻大広間にみんなで一緒に寝て、枕投げをして❼ふざけるのは❽日頃は体験できない大きな楽しみでした。

睡床的過往今來（4）

日本運動社團的❶集訓或❷校外旅行等，會在一個大房間內鋪上棉被當「鋪床」，❸許多人一起睡覺。

這種方式稱為「雜魚寢」（許多人擠在一起睡）。

此外，「❹丟枕頭」也是校外旅行和集訓時❺固定會做的事。在一個❻大房間內，大家一起睡覺、丟枕頭、❼打打鬧鬧，這是❽平常無法體驗的一大樂趣。

重要單字●

文章出現的		原形	意義	詞性
寝ます	→	寝る	睡覺	下一段動詞
言います	→	言う	稱為、說	五段動詞
して	→	する	做	サ行變格動詞
体験できない	→	体験する	體驗	サ行變格動詞

實用句型●

…とか｜…等、…之類的

原文──日本の運動部の合宿 とか 修学旅行 (学校旅行) などでは…

（日本運動社團的集訓或校外旅行等…）

活用──警官の日常の仕事は巡回とか道案内です。

（警察平常的工作是巡邏、指引道路之類的。）

学校生活の今昔

成長與青春的回憶（1）

学校生活は、一生の❶思い出として残る❷大切な時期。

将来の人生や職種や生活が、まったく❸異なる人たちが❹一箇所に❺集う❻不思議な場所です。

そういう時期❼だからこそ、学校は楽しい場所であることが❽最も重要なことです。

校園生活的過往今來（1）

校園生活是會留下來作為一生❶回憶的❷重要時期。

（校園）是一群未來的人生、職業、生活完全❸不同的人們，❺聚集於❹一處的❻奇妙場所。

❼正因為是那樣的時期，所以「學校是一個快樂的地方」是❽最重要的。

重要單字 ●

文章出現的		原形	意義	詞性
<ruby>異<rt>こと</rt></ruby>なる	→	<ruby>異<rt>こと</rt></ruby>なる	不同	五段動詞
<ruby>集<rt>つど</rt></ruby>う	→	<ruby>集<rt>つど</rt></ruby>う	聚集	五段動詞

實用句型 ●

…こそ｜正是…

原文── そういう時期だからこそ、学校は楽しい場所であることが最も重要なことです。

（正因為是那樣的時期，所以「學校是一個快樂的地方」是最重要的。）

活用── 暑い時こそ、辛い物を食べて汗をかくと涼しくなります。

（正是盛暑，一旦吃辣的食物流汗，就會變得很涼快。）

07 学校生活の今昔（がっこうせいかつのこんじゃく） 成長與青春的回憶（2）

　１９７０年代（せんきゅうひゃくななじゅうねんだい）くらいまでは、❶塾（じゅく）などはほとんどありませんでした。

学校（がっこう）の椅子（いす）に坐（すわ）ってるだけでも❷退屈（たいくつ）なのに、学校（がっこう）が終（お）わってからもまだ勉強（べんきょう）するなんて親（おや）も子供（こども）も❸考（かんが）えられませんでした。

小学生（しょうがくせい）は朝学校（あさがっこう）に行（い）って遊（あそ）び、❹授業（じゅぎょう）の合間（あいま）にまた遊（あそ）び、❺給食（きゅうしょく）を食（た）べて遊（あそ）び、午後（ごご）の授業（じゅぎょう）が終（お）わると家（いえ）に帰（かえ）って友達（ともだち）と遊（あそ）び、❻暗（くら）くなってから❼宿題（しゅくだい）をして寝（ね）るのが普通（ふつう）でした。

校園生活的過往今來（2）

日本直到１９７０年代左右，幾乎都沒有❶補習班之類的機構。

明明光是坐在學校的椅子上（上課）就很❷無聊了，放學後竟然也還要讀書，這種事當時的父母和小孩都❸無法想像。

當時的小學生通常早上到學校後就開始玩耍，❹下課時間還是玩耍，吃完❺營養午餐再接著玩，下午的課程一結束，就回家和朋友玩，❻天黑之後開始❼做功課，然後上床睡覺。

重要單字

文章出現的		原形	意義	詞性
終（お）わって	→	終（お）わる	結束	五段動詞
考（かんが）えられません	→	考（かんが）える	想像	下一段動詞
遊（あそ）び	→	遊（あそ）ぶ	玩耍	五段動詞
帰（かえ）って	→	帰（かえ）る	回（家）	五段動詞

實用句型

…てから ｜ …之後

原文——午後（ごご）の授業（じゅぎょう）が終（お）わると家（いえ）に帰（かえ）って友達（ともだち）と遊（あそ）び、暗（くら）くなっ**てから**宿題（しゅくだい）をして寝（ね）るのが普通（ふつう）でした。

（通常是下午的課程一結束，就回家和朋友玩，天黑之後開始做功課，然後上床睡覺。）

活用——準備運動（じゅんびうんどう）で体（からだ）を温（あたた）め**てから**プールに入（はい）ります。

（做準備運動暖身後，再進入泳池。）

07 　学校生活の今昔　成長與青春的回憶（3）

❶時代が下ると、❷塾に行くのが❸当たり前になりました。

日本人は基本的に❹根性主義で「人より多く勉強しないといけない」「人が寝ている時にも❺勉強しないと❻ダメだ」と❼考えます。

それで、❽大学受験でも「四当五落」と言って勉強するようになりました。これは「毎日四時間寝ると❾合格し、五時間寝ると❿不合格」という意味です。

校園生活的過往今來（3）

隨著❶時代演變，❷上補習班變得❸理所當然。

基本上，日本人抱持著「❹毅力主義」，❼認為「一定要比別人更用功」「別人正在睡覺時，自己也❻不能❺不用功」。

因此，面對❽大學聯考也是說「四当五落」而努力讀書。這是「每天睡四個小時就會❾上榜，睡五個小時就會❿落榜」的意思。

重要單字

文章出現的		原形	意義	詞性
なりました	→	なる	變成…	五段動詞
勉強（べんきょう）しない	→	勉強（べんきょう）する	學習	サ行変格動詞
いけない	→	いける	可行	下一段動詞
考（かんが）えます	→	考（かんが）える	認為、思考	下一段動詞

實用句型

…当（あ）たり前（まえ）｜理所當然

原文——時代（じだい）が下（くだ）ると、塾（じゅく）に行（い）くのが当（あ）たり前（まえ）になりました。

（隨著時代演變，上補習班變得理所當然。）

活用——以前（いぜん）のアパートは、風呂場（ふろば）がないのが当（あ）たり前（まえ）でした。

（以前的公寓沒有浴室是理所當然的。）

仕事の今昔

人生的業績（1）

人生の❶大半は仕事をして❷過ごします。

その人がどういう仕事をして社会に何を❸残したかが、通常は人生の評価になります。これは昔も今も変わりません。

日本の社会は、❹ほんの少し前までは「終身雇用制」と「年功序列制」、それに「学歴重視制」が特色でした。社員が❺辞めない限り、会社から社員を❻クビにすることはほとんどありませんでした。それで❼つつがなく❽定年退職して年金を❾もらい❿老後を過ごすことができました。

職場的過往今來（1）

人生的❶大半，是在工作中❷度過。

那個人從事什麼樣的工作、在社會上❸留下了什麼，通常就等於一生的評價。這種看法，不論過去或現在都沒有改變。

直到❹不久前，日本社會還是以「終身雇用制」和「年功序列制」，以及「重視學歷制」為特色。當時員工❺只要不辭職，公司幾乎不會主動❻解雇員工。所以員工可以❼安穩地❽在退休年齡退休，❾領取年金並❿安享晚年。

重要單字

文章出現的	原形	意義	詞性
過ごします	過ごす	度過	五段動詞
残した	残す	留下	五段動詞
変わりません	変わる	改變	五段動詞
辞めない	辞める	辭職	下一段動詞
つつがなく	つつがない	安穩的	い形容詞

實用句型

…ない限り｜除非…就…、只要…就…

原文── 社員が辞めない限り、会社から社員をクビにすることはほとんどありませんでした。
（當時員工只要不辭職，公司幾乎不會主動解雇員工。）

活用── あきらめてしまわない限り、多くの困難は解決の方法が必ずあります。
（只要不放棄，大部分的困難一定有解決的方法。）

08 仕事の今昔　人生的業績（2）

2年　　　10年　　　20年

……………………………………………………………………

また、会社での地位や❶昇進はその会社に長くいたほうが優先され、それに学歴を❷加味して決定されました。

そうすると❸大体❹定年までにどのくらいの収入があり、どんな住宅を購入して何年の❺分割で払う、という❻人生設計が❼計画通りに実行できました。

しかし、こうした制度は人材確保にはいいですが、人材開発には❽向いていません。

職場的過往今來（2）

而且，公司內的地位及❶升遷，在該公司年資較久的會被優先考慮，再❷加上學歷因素而被決定。

如此一來，❹退休前❸大約有多少收入、要買什麼樣的房子、採用幾年的❺分期付款，這些所謂的❻人生規劃，都可以❼按照計畫落實。

不過，這種制度雖然有助於留住人才，卻❽不適合培養人才。

重要單字

文章出現的		原形	意義	詞性
長く	→	長い	長久	い形容詞
優先され	→	優先する	優先	サ行変格動詞
加味して	→	加味する	加入、加上	サ行変格動詞
実行できました	→	実行する	實行	サ行変格動詞
向いて	→	向く	適合	五段動詞

實用句型

…を加味して｜加入…

原文──会社での地位や昇進はその会社に長くいたほうが優先され、それに学歴を加味して決定されました。

（公司內的地位及升遷，在該公司年資較久的會被優先考慮，再加上學歷因素而被決定。）

活用──年収に、性格と顔を加味して旦那を選びます。

（在年收入的因素上，再加上性格和外貌來選擇丈夫。）

08 　仕事の今昔　人生的業績（3）

能力が低くて業績がよくなくても、学歴があって❶長く❷さえいれば収入が❸どんどん増えるなら誰も❹真面目に仕事しなくなります。

なので不景気な時代に入ると、こうした制度は❺崩れてきています。最近はどこの会社も貢献度が低ければ❻リストラ（人員削減）の対象となって❼クビを切られます。

地位が上でも下でも、❽もはや❾安住できる民間企業は存在しないと❿言ってよいでしょう。

職場的過往今來（3）

如果即使能力差、業績不好，❷只要有學歷、在公司待得❶年資夠久，收入就能❸持續增加的話，就沒有人會❹認真工作。

所以，一旦進入景氣蕭條的時代，這種制度就會❺逐漸瓦解。近來，任何企業只要員工的貢獻度太低，就會成為❻裁員的對象，而❼被解雇。

不論在公司的地位是高或低，❾可以安於現狀的民間企業❿可以說❽已經不存在了。

重要單字

文章出現的	原形	意義	詞性
よくなく	よい	好的	い形容詞
崩（くず）れて	崩（くず）れる	崩解	下一段動詞
低（ひく）ければ	低（ひく）い	低的	い形容詞
存在（そんざい）しない	存在（そんざい）する	存在	サ行変格動詞

實用句型

…もはや｜已經…

原文——地位が上でも下でも、もはや安住できる民間企業は存在しないと言ってよいでしょう。

（不論在公司的地位是高或低，可以安於現狀的民間企業可以說已經不存在了。）

活用——もはやこの地球上には、まったく汚染されていない環境は皆無と言ってもよいでしょう。

（在這個地球上，可以說已經沒有完全無受污染的環境了。）

就職の今昔

對於未來的抉擇（1）

仕事を❶取り巻く環境が変われば、仕事を選択する就職活動にも影響します。

以前の人と現代の人では、❷世代格差が❸激しくなっています。

以前は就職と言えば一生の決定でした。一回就職した会社は、多くの人が❹定年退職まで❺いつづけるのが普通でした。会社は終身雇用や年功序列が原則で、そうした❻優遇制度で人材を確保しました。

就業的過往今來（1）

❶圍繞職場工作的大環境如果產生改變，也會影響選擇工作的求職活動。

以前的人和現代人之間，❷世代差異正變得❸劇烈。

以前的話，說到「就業」就是一生的決定。所就職的公司，大部分的人通常會❺持續待到❹退休為止。企業以「終身雇用制」和「年功序列制」為原則，透過那樣的❻福利制度留住了人才。

重要單字

文章出現的		原形	意義	詞性
変わ（か）れば	→	変わ（か）る	改變	五段動詞
影響（えいきょう）します	→	影響（えいきょう）する	影響	サ行変格動詞
激（はげ）しく	→	激（はげ）しい	激烈	い形容詞
就職（しゅうしょく）した	→	就職（しゅうしょく）する	就業	サ行変格動詞
確保（かくほ）しました	→	確保（かくほ）する	確保	サ行変格動詞

實用句型

…まで｜到…為止

原文──一回就職した会社は、多くの人が定年退職までいつづけるのが普通でした。
（所就職的公司，大部分的人通常會持續待到退休為止。）

活用──彼女はいつも、お腹がいっぱいになるまで食べ続けます。
（她總是不停地吃，直到肚子很飽為止。）

09 就職の今昔　對於未來的抉擇（2）

また、社員もそんな会社に❶恩義を感じて家庭よりも仕事を優先させるのが❷当たり前でした。

なので、以前の社会では転職は危険な❸賭けでした。❹履歴書に仕事経歴が❺多すぎると「どうして一つの仕事を❻きちんと続けられないのか？」と❼相手には❽マイナスイメージを❾植え付けてしまいました。

❿雇って教育した人が⓫すぐ辞めてしまうことを、⓬会社側は⓭嫌ったからです。

就業的過往今來（2）

而且，員工也對那樣的公司抱持❶感恩，相較於家庭，工作優先是❷理所當然的。

因此，在以前的社會，換工作是危險的❸賭注。一旦❹履歷表上的工作經歷❺過多，就會在❼對方❾心中植入「為什麼❻不能徹底堅持一個工作呢？」的❽負面印象。

因為⓬企業主⓭不喜歡所❿僱用、培育的人員⓫很快就離職。

重要單字

文章出現的		原形	意義	詞性
かん 感じて	→	かん 感じる	感受	上一段動詞
つづ 続けられない	→	つづ 続ける	持續	下一段動詞
う つ 植え付けて	→	う つ 植え付ける	植入（印象）	下一段動詞
やと 雇って	→	やと 雇う	僱用	五段動詞
きら 嫌った	→	きら 嫌う	討厭	五段動詞

實用句型

…きちんと｜好好地、徹底的

原文——どうして一つの仕事をきちんと続けられないのか？
（為什麼不能徹底堅持一個工作呢？）

活用——彼は几帳面なので脱いだパジャマは毎回きちんと畳みます。
（他的個性一絲不苟，脫下的睡衣每次都會好好地折整齊。）

09 就職の今昔 — 對於未來的抉擇（3）

しかし、最近では不景気による時代の❶波で、❷すでに終身雇用制も年功序列制もありません。

会社も社員の一生を保証するわけでもなく、社員も会社に❸忠誠を誓ったりはしません。なので会社と社員は「利害関係が暫時的に一致しているだけ」の関係になります。

また、高度成長期を❹経て経済や生活が❺安定すると、仕事よりも個人の生活や家庭を優先させる人が増えます。

就業的過往今來（3）

不過，最近由於不景氣的時代❶浪潮下，「終身雇用制」和「年功序列制」都❷已經消失。

企業也無法保障員工一輩子的生活，員工也對企業❸不效忠。因此，企業和員工變成「只是利害關係暫時一致」的關係。

而且，❹歷經經濟高度成長期，一旦經濟狀況和生活❺安穩，相較於工作，以個人生活或家庭為優先考量的人，也會變多。

重要單字

文章出現的	→	原形	意義	詞性
誓（ちか）ったり	→	誓（ちか）う	發誓	五段動詞
一致（いっち）して	→	一致（いっち）する	一致	サ行變格動詞
経（へ）て	→	経（へ）る	經過	下一段動詞
増（ふ）えます	→	増（ふ）える	增多	下一段動詞

實用句型

…すでに｜已經

原文── 最近（さいきん）では不景気（ふけいき）による時代（じだい）の波（なみ）で、すでに終身雇用制（しゅうしんこようせい）も年功序列制（ねんこうじょれつせい）もありません。

（最近由於不景氣的時代浪潮下，「終身雇用制」和「年功序列制」都已經消失。）

活用── 今（いま）の若者（わかもの）は、生（う）まれた時（とき）からすでに携帯電話（けいたいでんわ）やパソコンが普及（ふきゅう）している環境（かんきょう）で育（そだ）っています。

（現在的年輕人從出生開始，就在手機和電腦已經普及的環境下成長著。）

09 就職の今昔 對於未來的抉擇（4）

なので最近の若い人たちは「❶アルバイター」や「❷フリーター」と言って❸正式に就職しないで、各種の臨時工を❹専門にするだけのも❺かなりいます。

❻もっとひどいのになると、「❼ニート族」と言って❽最初から仕事の❾意思がない人たちもいます。

また、こうした❿定職に⓫就かないフリーターやニート族を「風太郎」と呼びます。

就業的過往今來（4）

因此，最近也有❺不少年輕人成為所謂的「❶打工族」或「❷臨時工」，他們❸不從事正職工作，只以各種臨時工作人員❹為主業。

變得❻更嚴重的話，還有「❼NEET 族」（註）這種❽從一開始就完全沒有工作❾意願的人。

另外，這種⓫沒有從事⓾固定工作的打工族和 NEET 族，日文裡稱為「風太郎」。

（註）NEET 族（尼特族）：英文縮寫，源自 Not in Education, Employment, or Training。
　　　指「不升學、不就業、不進修」的族群。

重要單字●

文章出現的	原形	意義	詞性
います	→ いる	有（人）	上一段動詞
就かない	→ 就く	從事	五段動詞
呼びます	→ 呼ぶ	稱為	五段動詞

實用句型●

…と呼びます｜稱為

原文── こうした定職に就かないフリーターやニート族を「風太郎」と呼びます。

　　　（這種沒有從事固定工作的打工族和 NEET 族，日文裡稱為「風太郎」。）

活用── 俳優の萩原健一を「ショーケン」（小健）と呼びます。

　　　（稱呼演員「萩原健一」為「小健」。）

日本語の今昔

日新月異的詞彙（1）

言葉は、使う世代の流行❶によってどんどん変わっていきます。❷まったく新しい単語が❸生まれたり、従来の意味や使用範囲が変化したりして変貌していくのです。

７０年代の❹半ばごろ、「❺ダサい」（註）という言葉が❻流行し始めました。

これは日本のある不良少年が作って使い始めた言葉だそうです。使われ始めた当時は❼単なる流行語でしたが、これが❽瞬く間に全国に❾広まって長く使われ、今では辞書にも❿載っています。

（註）「ダセエぜ」是「ダサい」的粗俗用法。

日文的過往今來（1）

語言會❶隨著所使用世代的流行文化而持續不斷改變，可能❸衍生❷全新的單字，或改變既有的意義及使用範圍，不斷產生新樣貌。

７０年代❹中期，「❺很土」這個說法❻開始流行。

據說這是日本某個不良少年所創造，而開始使用的語言。剛開始被使用的當時，只是❼單純的流行語，但這個字❽瞬間❾普及全國，被長久使用。現在字典裡也❿收錄著這個字。

重要單字

文章出現的		原形	意義	詞性
生(う)まれたり	→	生(う)まれる	產生	下一段動詞
変化(へんか)したり	→	変化(へんか)する	變化	サ行変格動詞
変貌(へんぼう)して	→	変貌(へんぼう)する	改變樣貌	サ行変格動詞
広(ひろ)まって	→	広(ひろ)まる	普及	五段動詞
載(の)って	→	載(の)る	刊載	五段動詞

實用句型

…始(はじ)めました｜開始…

原文──７０年代(ななじゅうねんだい)の半(なか)ばごろ、「ダサい」という言葉(ことば)が流行(りゅうこう)し始(はじ)めました。
（７０年代中期，「很土」這個說法開始流行。）

活用──うちの子(こ)は反抗期(はんこうき)になると親(おや)に口答(くちごた)えし始(はじ)めました。
（我的小孩一進入反抗期，就開始和父母頂嘴。）

10 日本語の今昔 日新月異的詞彙（2）

食べすぎて胸がムカツク

また、誰が最初に考えたのか不明ですが、「❶部活無所属」を表す「❷帰宅部」も❸あっという間に全国に広がって❹定着しました。

そして「❺ムカツク」という言葉も流行り始めました。これは前からあった日本語ですが、❻元々の意味は「❼胸焼けがする」でした。

それが「なんかわからないが❽頭にくる」という意味で使われ始め、原因分析や感情抑制の❾苦手な❿若い女性、⓫特に女子高生が多く使うようになりました。

日文的過往今來（2）

另外，雖然不知道一開始時是誰想出來的，但表示「❶未參加社團活動」的「❷歸宅部」（註）一詞，也❸瞬間廣傳全國❹成為固定用法。

然後「❺生氣」這個說法也開始流行了。這是以前就存在的日文，❻原本的意思是「❼反胃」。

後來那個字開始被用來表示「沒來由地❽生氣」的意思。❾不擅長理性分析、控制情緒的❿年輕女性，⓫尤其是許多高中女生都經常使用這個字。

（註）歸宅部：指「一放學就回家或補習，沒有參加任何社團活動的人」。

重要單字 ●

文章出現的		原形	意義	詞性
考えた（かんが）	→	考える（かんが）	想、思考	下一段動詞
広がって（ひろ）	→	広がる（ひろ）	擴展	五段動詞
定着しました（ていちゃく）	→	定着する（ていちゃく）	固定	サ行変格動詞

實用句型 ●

…あっという間（ま）に｜一瞬間

原文──「部活無所属（ぶかつむしょぞく）」を表（あらわ）す「帰宅部（きたくぶ）」もあっという間（ま）に全国（ぜんこく）に広（ひろ）がって定着（ていちゃく）しました。

（表示「未參加社團活動」的「歸宅部」一詞，也瞬間廣傳全國成為固定用法。）

活用──ジャッキー・チェンは「酔拳（すいけん）」のヒットであっという間（ま）にスーパースターになりました。

（成龍因為「醉拳」的受歡迎，瞬間爆紅成為超級巨星。）

10 日本語の今昔　日新月異的詞彙（3）

（嫌だ！超キモい！）

また女子高生は「❶気持ち悪い」の❷短縮語である「キモい」も❸好んで使います。

❹応用として、「超ムカツク」「超キモい」のような言い方もあります。

９０年代に入ると、「❺引く」という言い方が新しくなりました。これは以前には手の動作として「❻押す」の反対語の意味❼しかありませんでした。

日文的過往今來（3）

另外，高中女生也❸喜歡使用「❶好噁心」的❷簡稱──「好噁」。

作為❹應用，也有「超生氣」「超噁」之類的說法。

進入９０年代時，「引く」（❺拉）這個字的表達方式翻新了。「引く」❼以前只是手部的動作，是「押す」（❻推）的相反詞的意思。

重要單字

文章出現的		原形	意義	詞性
好んで	→	好む	喜歡	五段動詞
新しく	→	新しい	新的	い形容詞
なりました	→	なる	變成…	五段動詞

實用句型

…好んで｜喜歡…

原文──また女子高生は「気持ち悪い」の短縮語である「キモい」も好んで
　　　　使います。
　　　　（另外，高中女生也喜歡使用「好噁心」的簡稱──「好噁」。）

活用──ラッコは海胆を好んで食べます。
　　　　（海獺喜歡吃海膽。）

10 日本語の今昔　日新月異的詞彙（4）

しかし、それに加えて「❶気持ちが冷める」「❷やりたくなくなる」などの❸気持ちを表す言葉として、使用範囲が広くなりました。

また、「❹切れる」も「怒りの❺あまり脳血管が切れる」「❻堪忍袋の緒が切れる」などの❼短縮として、「怒る」という意味で使われるようになりました。

他には「❽お宅」など、台湾にまで輸入され使われる国際的流行語となった言い方もあります。

日文的過往今來（4）

但是除了那個之外，也作為表達「❶心寒」「❷不想做了」等❸心情的詞彙，使用範圍變得更廣了。

另外，「❹氣炸」這個字，也是「❺太過生氣，氣到腦血管爆裂」「❻超過忍耐極限」等的❼簡化說法，被用來表示「生氣」的意思。

其他，也有像是「❽御宅族」之類的，甚至被傳入台灣使用，變成國際性的流行語。

重要單字 ●

文章出現的	原形	意義	詞性
やりたくなくなる →	やる	做	五段動詞
広(ひろ)くなりました →	広(ひろ)い	廣泛	い形容詞
輸入(ゆにゅう)され →	輸入(ゆにゅう)する	輸入	サ行變格動詞

實用句型 ●

…もあります｜也有…

原文──他(ほか)には「お宅(たく)」など、台湾(たいわん)にまで輸入(ゆにゅう)され使(つか)われる国際的流行語(こくさいてきりゅうこうご)となった言(い)い方(かた)もあります。

（其他，也有像是「御宅族」之類的，甚至被傳入台灣使用，變成國際性的流行語。）

活用──日本語(にほんご)の漢字(かんじ)には、漢音(かんおん)の他(ほか)に呉音(ごおん)もあります。

（日語的漢字除了「漢音」之外，也有「吳音」。）

遊びの今昔

只用一個皮球的好玩遊戲——六虫（１）

❶遊びというのは、子供だけでなく大人にも❷必要なものです。

以前は今のように高級多彩なコンピューターゲームがなかった❸代わりに、❹思い切り走れる広い空き地や校庭がありました。

そんな中で、子供たちに❺人気のあった遊びの一つに「六虫」があります。必要なものは❻平らな場所と❼ゴムボール一個だけ。❽しかも遊ぶ人数は５人から３０人くらいまでと、多くの人たちが❾一遍に遊べます。

遊戲的過往今來（1）

所謂的「❶遊戲」，不只是小孩，對大人也是❷必要的。

以前並沒有像現在這種高級、多樣化的電腦遊戲，❸取而代之的，是有❹可以隨心所欲奔跑的寬廣空地和校園。

在其中，有一種在小孩們之間❺很受歡迎的遊戲 ──「六虫」。這個遊戲只需要❻平坦的場地和一顆❼皮球，❽而且，遊玩人數從 5 人到 30 人左右這麼多，❾一次可以很多人一起玩。

重要單字

文章出現的	原形	意義	詞性
なかった →	ない	沒有	い形容詞
走れる →	走る	跑	五段動詞
遊(あそ)べます →	遊(あそ)ぶ	玩	五段動詞

實用句型

…人気(にんき)のあった｜受歡迎

原文──子供(こども)たちに 人気(にんき)のあった 遊(あそ)びの 一(ひと)つに「六虫(ろくむし)」があります。
（有一種在小孩們之間很受歡迎的遊戲 ──「六虫」。）

活用──当時(とうじ)の子供(こども)たちに 人気(にんき)のあった「仮面(かめん)ライダーシリーズ」もいまだに続(つづ)いています。
（當時極受小孩們歡迎的「假面騎士系列」，現在也仍在播出。）

11 遊びの今昔　只用一個皮球的好玩遊戲——六虫（2）

安全地帯 B

封殺地帯

安全地帯 A

・・・

人数が❶多ければ多いほど楽しい遊びなので、❷クラスの男女が❸入り混じってよくやった遊びです。

❹やり方は、❺野球の盗塁と似ています。鬼が二人、それ以外は❻走者です。鬼の二人が❼キャッチボールをしている間、走者は❽球を避けながら安全地帯を❾往復するのです。

鬼の二人は、封殺地帯でキャッチボールをして球を往復させます。その間に、走者は封殺地帯を❿走り抜けて安全地帯 A から B に移動します。

遊戲的過往今來（2）

因為是人數❶越多越好玩的遊戲，所以是❷班上的男女生經常❸混合著一起玩的遊戲。

❹玩法和❺棒球的盜壘相似。有兩個人當「鬼」，其他人都是「❻跑者」。當鬼的兩個人❼互相傳球時，跑者要❽一邊躲球，一邊❾來回安全地帶。

兩個鬼在封殺地帶互相傳球，讓球來回穿梭。在那段期間，跑者要❿奔跑穿越封殺地帶，從安全地帶 A 移動到 B。

重要單字●

文章出現的		原形	意義	詞性
入(い)り混(ま)じって	→	入(い)り混(ま)じる	混雜	五段動詞
似(に)て	→	似(に)る	相似	上一段動詞
避(さ)けながら	→	避(さ)ける	躲避	下一段動詞
往復(おうふく)させます	→	往復(おうふく)する	來回	サ行変格動詞
走(はし)り抜(ぬ)けて	→	走(はし)り抜(ぬ)ける	跑著穿越過去	下一段動詞

實用句型●

…と似(に)ています｜和…相似

原文──やり方(かた)は、野球(やきゅう)の盗塁(とうるい)と似(に)ています。
（玩法和棒球的盜壘相似。）

活用──彼(かれ)の顔(かお)はカマキリと似(に)ています。
（他的臉很像螳螂。）

11 遊びの今昔　只用一個皮球的好玩遊戲——六虫（3）

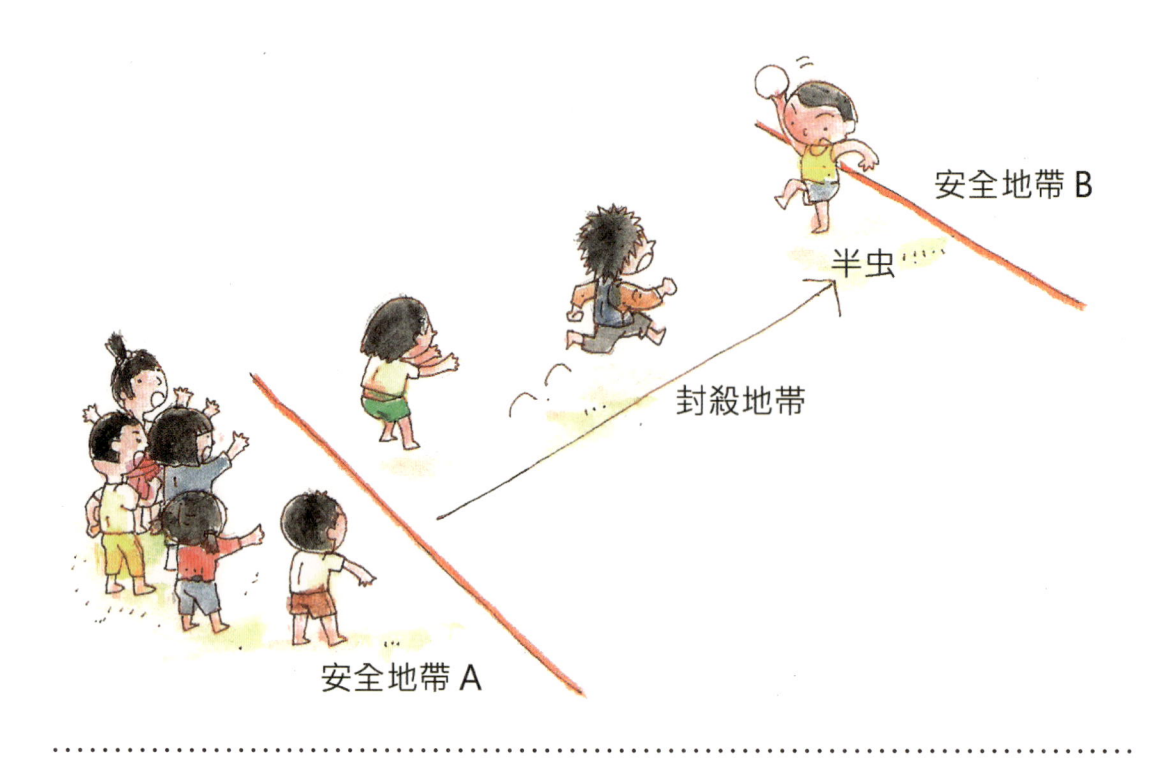

安全地帯B
半虫
封殺地帯
安全地帯A

途中で❶球を持った鬼に体に触れられたり、❷ボールを当てられたら❸アウト（封殺）となります。

❹無事に安全地帯Bまで行くと「半虫」、❺一往復して安全地帯Aに❻帰ると「一虫」と数えます。

誰かが❼生き残って「六虫」（六往復）して生還すると鬼の❽負けです。全員が❾封殺されると走者の負けで、最初に封殺された二人が新しい鬼になります。

遊戲的過往今來（3）

（跑者）在中途❶被拿球的鬼碰到身體，或是❷被球打到的話，就算❸出局（封殺）。

❹安全地移動到「安全地帶 B」的話，就算「半虫」；❺往返一次❻回到「安全地帶 A」的話，就算「一虫」。

如果有任何人❼倖存（沒有被封殺），完成「六虫」（來回六次）生還的話，是鬼❽輸。如果所有跑者都❾被封殺出局的話，是跑者輸，最先被封殺的兩人，要當新一任的鬼。

重要單字

文章出現的		原形	意義	詞性
持った	→	持つ	拿	五段動詞
触れられたり	→	触れる	碰觸	下一段動詞
当てられたら	→	当てる	碰	下一段動詞
生き残って	→	生き残る	殘存	五段動詞
封殺された	→	封殺する	封殺	サ行變格動詞

實用句型

…無事に｜平安無事

原文──無事に安全地帶Bまで行くと「半虫」…
　　　（安全地移動到「安全地帶 B」的話，就算「半虫」…）
活用──遣唐使は、無事に行って帰ってくるだけでも大変でした。
　　　（遣唐使光是能夠安全地往返，就已經很不簡單了。）

11 遊びの今昔　只用一個皮球的好玩遊戲——六虫（4）

安全地帯B

封殺地帯

安全地帯A

❶なお、安全地帯から❷一回出たら、もう❸戻ることはできません。封殺地帯を❹抜けて❺向かいの安全地帯まで❻走るしかありません。

だから、鬼も❼投げるフリをして走者を安全地帯から❽追い出したりなど❾虚実の駆け引きもあります。

また、ボールが六往復するまでに一人も安全地帯を出ないと、安全地帯は❿無効となります。なので、生存率を⓫上げるために最後の球が来る時に、みんなで⓬一斉にスタートします。

遊戲的過往今來（4）

❶此外，從安全地帶❷一離開的話，就已經無法❸折返，只有❹穿越封殺地帶，❻跑到❺對面的安全地帶為止。

所以，鬼也會❼假裝丟球，要把跑者從安全地帶❽趕出來之類的，也有❾虛虛實實的攻守策略。

而且，如果直到來回傳球六次，都沒有人離開安全地帶的話，安全地帶就❿失效。所以為了⓫提高存活率，在最後一球傳出時，大家會⓬一起出發起跑。

重要單字

文章出現的		原形	意義	詞性
出(で)たら	→	出(で)る	離開	下一段動詞
抜(ぬ)けて	→	抜(ぬ)ける	穿過	下一段動詞
追(お)い出(だ)したり	→	追(お)い出(だ)す	趕出	五段動詞
スタートします	→	スタートする	出發	サ行変格動詞

實用句型

…なお｜而且、此外

原文──なお、安全地帯(あんぜんちたい)から一回(いっかい)出(で)たら、もう戻(もど)ることはできません。
　　　（此外，從安全地帶一離開的話，就已經無法折返。）

活用──なお、飛行機(ひこうき)は全面的(ぜんめんてき)に禁煙(きんえん)となっています。
　　　（此外，飛機上全面禁菸。）

11 遊びの今昔 只用一個皮球的好玩遊戲——六虫（5）

安全地帯A　　封殺地帯　　安全地帯B

・・・

その時に❶先鋒を走る勇敢な子もいれば、誰かが出るまで自分は後ろに❷隠れる❸裏切り者もいます。

男女で遊ぶ場合、まず男の子が❹犠牲になるのが普通でした。でも男の子より❺足が❻速く、❼先鋒を切って走る勇敢な女子もいれば、女の子より後に出る❽情けない男子もいました。

以前と違い、今ではそんな広場はありませんし、❾塾などで忙しく子供たちの遊び方も変わりました。

遊戲的過往今來（5）

那時候，會有跑❶最前面的勇敢小孩，也有直到別人跑出去之前，自己都❷躲在後面的❸叛徒（原本大家說好最後一球過來時一起跑出去，可是卻違背約定沒有一起跑）。

男女生一起玩時，通常都是男孩子先❹犧牲。不過，也有❺腳程比男生❻快，❼衝第一個跑出去的勇敢女生；也有比女生更後面跑出去的❽窩囊男生。

和以前不同，現在不僅沒有那麼寬廣的場地，因為❾補習班等而忙碌的孩子們的玩樂方式也不同了。

重要單字 ●

文章出現的	原形	意義	詞性
いれば	いる	有（人）	上一段動詞
速（はや）く	速（はや）い	迅速的	い形容詞
先鋒（せんぽう）を切（き）って	先鋒（せんぽう）を切（き）る	衝第一個	五段動詞
違（ちが）い	違（ちが）う	不同	五段動詞
忙（いそが）しく	忙（いそが）しい	忙碌的	い形容詞

實用句型 ●

…もいれば…もいます｜有…人，也有…人

原文──その時（とき）に先鋒（せんぽう）を走（はし）る勇敢（ゆうかん）な子（こ）もいれば、誰（だれ）かが出（で）るまで自分（じぶん）は後（うし）ろに隠（かく）れる裏切（うらぎ）り者（もの）もいます。

（那時候，會有跑最前面的勇敢小孩，也有直到別人跑出去之前，自己都躲在後面的叛徒。）

活用──どこの国（くに）にも、いい人（ひと）もいれば悪（わる）い人（ひと）もいます。

（每一個國家都有好人，也有壞人。）

11　遊びの今昔　只用一個皮球的好玩遊戲──六虫（6）

大体、室内でやる❶テレビゲーム（ＴＶゲーム）などが主流となりました。

そこには子供たち❷同士の❸交流は❹あまりなく、一人で遊ぶゲームを❺待つ❻間に、❼それぞれが漫画を読んで❽順番を待っている、というような光景が増えました。

遊戲的過往今來（6）

（現在的孩子）大多以在室內玩的❶電視遊戲等為主要的玩樂方式。

在那裡，孩子們❹不太有❷同伴的❸互動，❺等著玩單人玩的電動遊戲的❻空檔，❼各自看漫畫❽依序等待著，像這樣的景象越來越多。

重要單字●

文章出現的		原形	意義	詞性
読んで	→	読む	讀	五段動詞
待って	→	待つ	等待	五段動詞
増えました	→	増える	增加	下一段動詞

實用句型●

…が主流となりました｜…成為主流

原文──室内でやるテレビゲーム（ＴＶゲーム）などが主流となりました。
（在室內玩的電視遊戲等為主要的玩樂方式。）

活用──携帯電話もデジカメやカーナビつきが主流となりました。
（手機也以具有數位相機和衛星導航功能為主流。）

おもちゃの今昔
到夢幻世界的入口（1）

❶おもちゃは遊びと❷切り離せません。「❸遊びたい」という心の欲求が、おもちゃを❹作らせます。

遊び方の変化❺に伴って、おもちゃも変わります。

以前のおもちゃは❻手にとって遊ぶものが主流でした。男の子なら❼ロボットや❽宇宙船あるいは❾ヒーローの人形など、女の子は化粧❿セットや⓫おままごとセット、⓬着せ替え⓭人形などでした。

玩具的過往今來（1）

「❶玩具」和「玩樂」❷密不可分，「❸想玩」的心理需求，❹讓人製作玩具。

❺隨著遊戲方式的不同，玩具也會改變。

以前的玩具以❻拿在手中把玩的東西為主流。男孩子的話，是❼機器人、❽太空船或者❾英雄人偶之類；女孩子則是化妝道具❿組合、⓫扮家家酒組合、⓬更換衣服的⓭洋娃娃等。

重要單字

文章出現的		原形	意義	詞性
切（き）り離（はな）せません	→	切（き）り離（はな）す	切開	五段動詞
遊（あそ）びたい	→	遊（あそ）ぶ	玩	五段動詞
作（つく）らせます	→	作（つく）る	製作	五段動詞
伴（ともな）って	→	伴（ともな）う	隨著	五段動詞
とって	→	とる	拿	五段動詞

實用句型

…に伴（ともな）って｜隨著…

原文──遊（あそ）び方（かた）の変化（へんか）に伴（ともな）って、おもちゃも変（か）わります。
（隨著遊戲方式的不同，玩具也會改變。）

活用──時代（じだい）に伴（ともな）って、流行（はや）るおもちゃの形態（けいたい）も変（か）わりました。
（隨著時代變遷，流行的玩具型態也改變了。）

12 おもちゃの今昔 到夢幻世界的入口（2）

....

　１９６０〜１９７０年代❶くらいまでは、男の子は怪獣の「❷ソフビ（ソフトビニール）人形」が主流でした。

　状態がよければ、今では当時の❸中古が❹数万円します。

　手にとって見ると、おもちゃの人形にも人間と同じく歴史があり❺経験があるのが❻わかります。それは当時の情況や環境を❼無言のうちに❽語ってくれます。

玩具的過往今來（2）

❶大約直到１９６０～１９７０年代，男孩子（的玩具）是以怪獸的「❷橡膠玩偶」為主流。

如果狀態良好，當時的❸二手玩具，在現在❹價值數萬日圓。

如果拿在手中端詳，將會❻發現這些玩偶身上也有和人類相同的歷史和❺經驗，那是玩偶❼在沈默中❽（向他人）訴說當時的情景和環境。

重要單字●

文章出現的	原形	意義	詞性
よければ →	よい	良好	い形容詞
わかります →	わかる	知道	五段動詞
語（かた）って →	語（かた）る	訴說	五段動詞

實用句型●

…くらい｜左右、大約

原文——１９６０～１９７０年代くらいまでは、男の子は怪獣の「ソフビ（ソフトビニール）人形」が主流でした。
（大約直到 1960～1970 年代，男孩子（的玩具）是以怪獸的「橡膠玩偶」為主流。）

活用——日本では、小学校低学年くらいまではお父さんと娘が一緒にお風呂に入ります。
（在日本，大約直到小學低年級，爸爸會和女兒一起泡澡。）

12 おもちゃの今昔(こんじゃく) 到夢幻世界的入口（3）

女(おんな)の子では、❶人気(にんき)は着(き)せ替(か)え❷人形(にんぎょう)です。

海外(かいがい)の「❸バービー人形(にんぎょう)」に❹当(あ)たるのが、日本(にほん)の「❺リカちゃん人形(にんぎょう)」です。これも❻中古品(ちゅうこひん)は高(たか)く売(う)れます。

海外(かいがい)でも❼人気(にんき)を博(はく)した日本(にほん)の人形(にんぎょう)に「❽超合金(ちょうごうきん)シリーズ」があります。これはロボットのおもちゃを金属(きんぞく)（亜鉛合金(あえんごうきん)）で製作(せいさく)するという高級(こうきゅう)玩具(がんぐ)でした。

玩具的過往今來（3）

女孩子的話，❶受歡迎的是可以換衣服的❷洋娃娃。

❹相當於外國的「❸芭比娃娃」的，就是日本的「❺莉卡娃娃」。這個也是❻二手商品能賣到很高的價錢。

在國外也❼大受歡迎的日本人偶，則有「❽超合金系列」。這是用金屬（鋅合金）所製作的高級機器人玩具。

重要單字●

文章出現的	原形	意義	詞性
高（たか）く	→ 高（たか）い	貴的	い形容詞
売（う）れます	→ 売（う）れる	賣出	下一段動詞
博（はく）した	→ 博（はく）する	博得	サ行変格動詞
あります	→ ある	有（事物）	五段動詞

實用句型●

…に当（あ）たる｜相當於…

原文——海外（かいがい）の「バービー人形（にんぎょう）」に当たるのが、日本（にほん）の「リカちゃん人形（にんぎょう）」です。
（相當於外國的「芭比娃娃」的，就是日本的「莉卡娃娃」。）

活用——彼女（かのじょ）は母親（ははおや）の妹（いもうと）（姉（あね））なので私（わたし）の叔母（おば）さんに当（あ）たります。
（因為她是媽媽的妹妹（姊姊），等於是我的阿姨。）

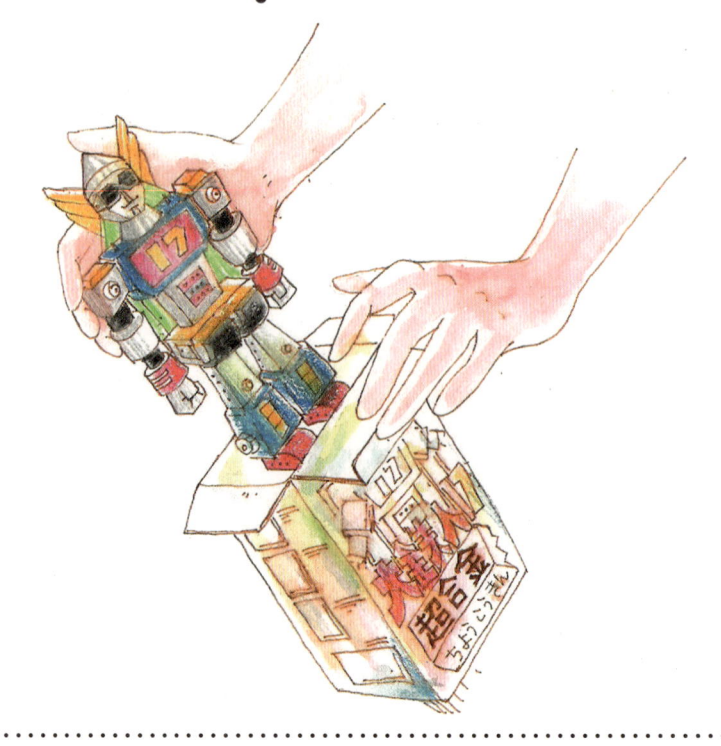

12 おもちゃの今昔(こんじゃく) 到夢幻世界的入口（4）

海外からやってきた❶ミュージシャンや❷映画スターは、この❸精巧な人形が非常に❹気に入って、❺お土産に買って帰る人も❻大勢います。

そうした玩具は今でもありますが、最近では子供ではなく当時を❼懐かしむ❽中高年層が❾ターゲットの、高価な玩具になっています。

最近の子供は、そうした手にとって遊ぶ玩具よりも、画面を❿見ながら操作するＴＶや⓫パソコンのゲームが主流となっています。

玩具的過往今來（4）

從海外前來的❶音樂家或❷電影明星，都非常❹喜歡這款❸精緻的人偶，也有❻許多人會買回去當作❺紀念品。

那種玩具現在依然存在，但近來並不是針對小孩子，而是變成以❼緬懷過去的❽中高齡階層為❾（販售）目標的昂貴玩具。

最近的小孩子的話，相較於那種拿在手上把玩的玩具，❿一邊看畫面一邊操作的電視或⓬電腦遊戲是主流娛樂。

重要單字

文章出現的	原形	意義	詞性
買_かって	買_かう	購買	五段動詞
なって	なる	變成…	五段動詞
見_みながら	見_みる	看	上一段動詞

實用句型

…を懐_{なつ}かしむ｜懷念、緬懷

原文──子供_{こども}ではなく当時_{とうじ}を懐_{なつ}かしむ中高年層_{ちゅうこうねんそう}がターゲットです。
（並非小孩子，緬懷過去的中高齡階層才是販售目標。）

活用──同窓会_{どうそうかい}で旧友_{きゅうゆう}に会_あって昔_{むかし}を懐_{なつ}かしみました。
（在同學會和老朋友見面，懷想起過去。）

テレビの今昔①スポ根

貧民加油！（1）

日本人はテレビが❶大好きです。

テレビが❷出始めたころ、あまり国民がテレビ❸ばかり見るので「❹一億総白痴化」などと言われました。

❺敗戦後から１９８０年代以前は、日本は高度成長期で苦しい時代が続きました。❻焼け野原だった東京が❼ようやく❽復興し、交通❾渋滞や公害、住宅環境などを克復・改善しながら前進した時代でした。

電視的過往今來 ① 運動毅力類（1）

日本人❶很喜歡看電視。

電視❷剛出現時，因為國民過於❸只顧著看電視，還被說是「❹一億總白癡化」（全部人口都白癡化）之類的。

從❺二次大戰戰敗後到１９８０年代之前，日本處於經濟高度成長期，生活持續貧困的一段時間。那是一個❻燒成荒地的東京❼好不容易❽重建，交通❾壅塞、公害、居住環境等都在一邊修復、改善，也一邊向前邁進的時代。

重要單字 ●

文章出現的		原形	意義	詞性
言われました	→	言う	說	五段動詞
続きました	→	続く	持續	五段動詞
復興し	→	復興する	重建	サ行変格動詞
改善しながら	→	改善する	改善	サ行変格動詞
前進した	→	前進する	前進	サ行変格動詞

實用句型 ●

…ようやく｜好不容易…、總算…

原文──焼け野原だった東京がようやく復興し…
　　　（燒成荒地的東京好不容易重建…）

活用── 私はようやくパソコンが使えるようになりました。
　　　（我總算會使用電腦了。）

13 ┃ テレビの今昔①スポ根 ┃ 貧民加油！（2）

なので、テレビ❶番組もそうした時代を反映した熱血なものが主流でした。

❷ドラマや❸アニメでも「❹スポ根もの」が多く製作されました。

これは「❺スポーツ❻根性もの」の❼略で、❽主人公たちが❾スパルタ方式でスポーツに❿打ち込むという内容でした。努力型の主人公が熱血と根性で⓫猛練習し天才型の⓬ライバルと競争する、という⓭パターンです。代表的な作品に「巨人の星」や「アタックNO.1」などがあります。

電視的過往今來 ① 運動毅力類（2）

因此，電視❶節目也以反映那樣的時代的「熱血類作品」為主流。

❷連續劇和❸動畫之中，也製作了許多「❹運動毅力類的作品」。

「スポ根もの」是「❺運動（スポーツ）❻毅力（根性）類作品」的❼簡稱，內容描述❽主角們以❾斯巴達式的訓練方式❿鑽研運動。主要⓭型態是努力型的主角以熱血和毅力⓫拼命練習，並與天才型⓬對手一較高下。代表作品有「巨人之星」及「排球甜心（排球 NO.1）」。

（註）「排球甜心（排球 NO.1）」已拍成連續劇「女排 NO.1」，由上戶彩主演。

重要單字

文章出現的		原形	意義	詞性
反映した	→	反映する	反映	サ行変格動詞
製作されました	→	製作する	製作	サ行変格動詞
練習し	→	練習する	練習	サ行変格動詞

實用句型

…を反映した｜反映…

原文——テレビ番組もそうした時代を反映した熱血なものが主流でした。

（電視節目也以反映那樣的時代的「熱血類作品」為主流。）

活用——日本では、時代のトレンドを反映したものだけでなく、歴史もののドラマや映画も相変わらず人気がある。

（在日本，不只是反映時代潮流的事物，歷史類的連續劇或電影，也依然很有人氣。）

13 ｜ テレビの今昔①スポ根 ｜ 貧民加油！（3）

❶時代が下り経済や環境に❷余裕ができると、そうした❸クソ真面目な根性ものは❹姿を消してゆき、❺茶化されて❻笑われる対象となります。

変わって登場するのは❼気楽に見られる❽コメディー方式のスポーツ漫画です。

それほど❾肩に力を入れたり❿不用意に⓫力んだりすることなしに、自然な態度でスポーツを練習する方式です。代表的な作品に「YAWARA！」や「⓬スラムダンク」などがあります。

電視的過往今來 ① 運動毅力類（3）

隨著❶時代演變，一旦經濟和環境❷能夠有餘裕，那種❸過度認真的毅力類作品就會❹逐漸消失，成為❺被挖苦❻被嘲笑的對象。

取而代之登場的，是可以❼輕鬆觀看，❽喜劇形式的運動漫畫。

沒有那麼❾傾全力、或是❿一股腦兒不加思索⓫拼命努力，而是以自然的態度練習某種運動的呈現方式。代表作品有「柔道英雌」和「⓬灌籃高手」等等。

重要單字

文章出現的		原形	意義	詞性
下（くだ）り	→	下（くだ）る	（時代）變遷	五段動詞
消（け）して	→	消（け）す	消失	五段動詞
茶化（ちゃか）されて	→	茶化（ちゃか）す	挖苦	五段動詞
力（ちから）を入（い）れたり	→	力（ちから）を入（い）れる	拼命	下一段動詞

實用句型

…や｜和、…等

原文──時代が下り経済や環境に余裕ができると…
（隨著時代演變，一旦經濟和環境能夠有餘裕…）

活用──フランス人やオーストラリア人は、東洋人よりものんびりと暮らしています。
（法國人和澳洲人比東方人更悠閒地生活著。）

テレビの今昔②ヒーロー

個性派的英雄們（1）

日本で❶一番有名な❷ヒーローは「❸ウルトラマン」かもしれません。

ウルトラマンは❹シリーズ化され、❺いまだに兄弟が増え続けています。ウルトラマンの怪獣は生存環境や❻エサを❼求めるわけでもないのに、❽ただ無計画に❾現われて局部破壊を❿繰り返すだけ。

そんな策略性や⓫知恵の⓬まったくない低能怪獣を、⓭ボランティアで⓮いたぶるだけのウルトラマン。

電視的過往今來 ② 英雄片（1）

日本❶最有名的❷英雄，或許是「❸超人力霸王（鹹蛋超人）」吧。

超人力霸王的作品❹已成一系列，而「超人兄弟」的角色❺仍不斷增加。超人力霸王中的怪獸不是為了❼尋求生存環境或❻食物，❽只是毫無計畫地❾現身，❿反覆進行局部破壞而已。

超人力霸王只好⓭自願出面⓮凌虐那種⓬毫無戰略及⓫智慧的低能怪獸。

重要單字

文章出現的		原形	意義	詞性
求（もと）める	→	求（もと）める	尋求	下一段動詞
現（あら）われて	→	現（あら）われる	出現	下一段動詞
繰（く）り返（かえ）す	→	繰（く）り返（かえ）す	反覆	五段動詞
いたぶる	→	いたぶる	凌虐	五段動詞

實用句型

…いまだに｜仍然、還

原文——ウルトラマンはシリーズ化され、いまだに兄弟が増え続けています。
（超人力霸王的作品已成一系列，而「超人兄弟」的角色仍不斷增加。）

活用——いまだにブルース・リーの物真似をする小学生がいます。
（現在還是有小學生模仿李小龍。）

14 テレビの今昔②ヒーロー　個性派的英雄們（2）

この時代には、❶今から見ると異色のヒーローがたくさん❷登場していました。代表を❸あげるとしたら「❹レインボーマン」でしょう。

これは、一人の主人公が七つの❺異なった❻カラフルな❼デザインのヒーローに変身します。❽曜日に❾因んでそれぞれ、太陽・月・火・水・木・金・土の七つの化身です。

火を使いたい❿時には「火の化身」、水を使いたい時には「水の化身」などになります。

電視的過往今來 ② 英雄片（2）

在（前述的）這個時代，還❷出現許多❶現今看來非常奇特的英雄角色，如果要❸列舉代表人物，應該就是「❹彩虹俠」吧。

「彩虹俠」是主角一人會變身成七個❺不同❻繽紛色彩❼造型的英雄，七種分身和❽星期幾❾有關，分別是「日、月、火、水、木、金、土」七種（註）。

想要用火❿時，會變成「火的化身」；想要用水時，會變成「水的化身」等。

（註）日曜日（にちようび）（星期日）・月曜日（げつようび）（星期一）・火曜日（かようび）（星期二）・水曜日（すいようび）（星期三）・木曜日（もくようび）（星期四）・金曜日（きんようび）（星期五）・土曜日（どようび）（星期六）

重要單字 ●

文章出現的		原形	意義	詞性
登場（とうじょう）して	→	登場（とうじょう）する	出現、登場	サ行變格動詞
異（こと）なった	→	異（こと）なる	不同	五段動詞
変身（へんしん）します	→	変身（へんしん）する	變身	サ行變格動詞
因（ちな）んで	→	因（ちな）む	和…有關	五段動詞
使（つか）いたい	→	使（つか）う	使用	五段動詞

實用句型 ●

…をあげるとしたら｜要舉出…的話

原文——代表（だいひょう）をあげるとしたら「レインボーマン」でしょう。
　　　（如果要列舉代表人物，應該就是「彩虹俠」吧。）

活用——世界的（せかいてき）に有名（ゆうめい）な日本（にほん）の特撮（とくさつ）をあげるとしたら「ゴジラ」でしょう。
　　　（如果要舉出聞名全球的日本特效片，應該就是「哥吉拉」吧。）

14 テレビの今昔②ヒーロー　個性派的英雄們（3）

また敵が❶白人至上主義で、名前が「死ね死ね団」。

これは、第二次大戦の日本軍の❷横暴を❸恨みに思った人たちで構成されている秘密結社でした。「日本人を❹全滅させろ」とか「❺イエローモンキー」など日本人❻蔑視の用語を連発しました。

また「暗い暗い、暗い世界に赤い赤い、赤い血を見て❼生きている」など、ＰＴＡ（註）が聞いたら❽ひっくり返りそうな歌詞の曲を❾番組の❿終わりに⓫放送していました。

（註）PTA：是 Parent-Teacher Association 的簡稱，指「家長教師協會」。

電視的過往今來 ② 英雄片（3）

而彩虹俠的敵人是❶白人至上主義，名為「去死去死團」的團體。

這是對於二次大戰的日軍❷暴行❸懷恨在心的人們所組成的祕密組織。不斷使用「把日本人❹全數消滅吧」或是「❺黃皮猴」等❻鄙視日本人的話語。

而且，還在❾節目的❿尾聲，⓫播放歌詞是「在黑黑黑的世界中，看著紅紅紅的鮮血❼活著」等，家長或老師一聽到就好像要❽昏倒的歌曲。

重要單字

文章出現的		原形	意義	詞性
思った（おも）	→	思う（おも）	覺得	五段動詞
構成されて（こうせい）	→	構成する（こうせい）	構成	サ行變格動詞
全滅させろ（ぜんめつ）	→	全滅する（ぜんめつ）	完全消滅	サ行變格動詞
ひっくり返り（かえ）	→	ひっくり返る（かえ）	翻轉、倒下	五段動詞

實用句型

…構成（こうせい）されている｜…所組成

原文——これは、第二次大戦（だいにじたいせん）の日本軍（にほんぐん）の横暴（おうぼう）を恨（うら）みに思（おも）った人（ひと）たちで構成（こうせい）されている秘密結社（ひみつけっしゃ）でした。

（這是對於二次大戰的日軍暴行懷恨在心的人們所組成的祕密組織。）

活用——孫文（そんぶん）の革命（かくめい）は、志士（しし）たちで構成（こうせい）されている秘密結社（ひみつけっしゃ）によって成功（せいこう）しました。

（孫文的革命，藉由愛國志士所組成的祕密組織而成功。）

14 テレビの今昔②ヒーロー　個性派的英雄們（4）

子供たちは❶喜んでその歌を歌っていましたが、特別に❷害になることはなく、❸かえって❹あっさりしていました。

それから少し❺時代が下がると、今度は「❻戦隊もの」が❼流行りだしました。この系列もいまだに続いています。

大体五人が一組で、❽相手は怪獣一匹です。正義の❾味方が❿大勢で⓫寄って集って、無勢の怪獣を⓬倒す方式です。

電視的過往今來 ② 英雄片（4）

孩子們❶開心唱著那首歌，沒有特別的❷負面影響，❸反而❹覺得爽快。

之後，稍微再❺過一段時間，這次的話，❼開始流行「❻戰隊類」，這個系列目前也仍持續播放中。

基本上是五人一組，❽對手是一隻怪獸。正義的❾同伴❿眾人⓫聯合起來，⓬打倒勢單力薄的怪獸的故事內容。

重要單字●

文章出現的	原形	意義	詞性
喜んで（よろこ）	喜ぶ（よろこ）	開心	五段動詞
歌って（うた）	歌う（うた）	唱（歌）	五段動詞
あっさりして	あっさりする	輕鬆	サ行變格動詞
続いて（つづ）	続く（つづ）	持續	五段動詞

實用句型●

…かえって｜相反地、反而

原文──子供（こども）たちは喜（よろこ）んでその歌（うた）を歌（うた）っていましたが、特別（とくべつ）に害（がい）になることはなく、かえってあっさりしていました。
（孩子們開心唱著那首歌，沒有特別的負面影響，反而覺得爽快。）

活用──あまり厚着（あつぎ）しすぎないほうが、体（からだ）が慣（な）れてかえって寒（さむ）くないのです。
（不穿太多衣服的話，身體習慣後，反而不覺得冷。）

テレビの今昔③アニメ

日本創意的結晶！（1）

「日本の子供は❶テレビ❷ばっかり見ている」とよく言われます。

比べると、外国では❸子供向けのテレビなどはほとんど製作されていないようです。

見ないから作らないのか、作らないから見ないのか❹よくわかりませんが、❺元々❻子供を対象とした「❼アニメーション」が日本で多く作られたことは事実です。

電視的過往今來 ③ 動畫片（1）

常常有人說「日本的小孩子❷只顧著看❶電視」。

相較之下，其他國家似乎幾乎沒有製作❸適合小孩子的電視節目等。

雖然❹不知道原因是小孩子不看所以不製作，還是因為不製作所以小孩子不看。但在日本，製作了許多❺原本就是❻以小孩子為對象的「❼動畫」，這一點是事實。

重要單字

文章出現的	原形	意義	詞性
言(い)われます →	言(い)う	說	五段動詞
見(み)ない →	見(み)る	看	上一段動詞
わかりません →	わかる	知道	五段動詞
作(つく)られた →	作(つく)る	製作	五段動詞

實用句型

…を対象(たいしょう)とした｜以…為對象

原文——元々(もともと)子供(こども)を対象(たいしょう)とした「アニメーション」が日本(にほん)で多(おお)く作(つく)られたことは事実(じじつ)です。

（在日本，製作了許多原本就是以小孩子為對象的「動畫」，這一點是事實。）

活用——最近(さいきん)は購買力(こうばいりょく)の高(たか)い大人(おとな)を対象(たいしょう)とした豪華(ごうか)な超合金(ちょうごうきん)などのおもちゃもあります。

（最近也有以購買力強的大人為對象的豪華超合金之類的玩具。）

15 テレビの今昔③アニメ 日本創意的結晶！（2）

例えば「魔女もの」「スポ根もの」「ロボットもの」「❶ＳＦもの」など、その❷ジャンルは❸多岐にわたっています。

今では❹ユーチューブで、❺様々な❻外国語に❼吹き替されたそれらのアニメを見ることができます。

「❽キャンディ・キャンディ」など、外国が❾舞台のアニメは、❿欧米人が自国製作だと⓫信じて疑わなかったそうです。

電視的過往今來 ③ 動畫片（2）

例如「魔女類」「運動毅力類」「機器人類」「❶科幻類」等等，❷種類❸跨界而多元。

現在還可以在❹YouTube 網站看到❼被配音上❺各種❻其他語言的那些動畫。

像「❽小甜甜」之類的，以外國為❾故事背景的動畫，據說❿歐美人士還⓫堅信是他們自己國家製作的。

重要單字 ●

文章出現的		原形	意義	詞性
わたって	→	わたる	涉及到某範圍	五段動詞
吹（ふ）き替（か）えされた	→	吹（ふ）き替（か）えする	配音	サ行変格動詞
信（しん）じて	→	信（しん）じる	相信	上一段動詞
疑（うたが）わなかった	→	疑（うたが）う	懷疑	五段動詞

實用句型 ●

…そうです｜據說

原文──欧米人（おうべいじん）が自国製作（じこくせいさく）だと信（しん）じて疑（うたが）わなかったそうです。

（據說歐美人士還堅信是他們自己國家製作的。）

活用──火星（かせい）には生命（せいめい）がいた痕跡（こんせき）が残（のこ）っているそうです。

（據說火星上還保留著生物存在的痕跡。）

15 テレビの今昔③アニメ 日本創意的結晶！（3）

❶あふれるほど製作されたアニメ❷番組ですが、❸視聴率が振るわず❹打ち切りになってしまった作品も❺数多く存在します。

今では❻名作と言われる「❼ルパン三世」とか、❽実写ドラマになった「❾エースをねらえ！」なども当時はまったく❿人気が出なくて打ち切りにされた作品です。しかし後には再製作されるほど人気が出ました。

その原因は、それらを安く⓫買い取った⓬他局が、学生の⓭視聴者が多い⓮夕方の時間帯に何度も再放送したからです。

電視的過往今來 ③ 動畫片（3）

雖然製作了❶多到數不清的動畫❷節目，不過，❸收視不佳而不得不❹下檔的作品也❺為數不少。

例如現在❻被稱為名作的「❼魯邦三世」，以及❽改編成真人連續劇的「❾網球甜心」（上戶彩主演）等，都是當時完全❿沒有人氣而被下檔的作品。但後來，則是受歡迎到要被重新製作的程度。

其中的原因，是因為低價⓫收購那些動畫的⓬其他電視台，在學生⓭觀眾人數多的⓮黃昏時段不斷重播的緣故。

重要單字

文章出現的	原形	意義	詞性
振（ふ）るわず	→ 振（ふ）るう	興盛	五段動詞
存在（そんざい）します	→ 存在（そんざい）する	存在	サ行変格動詞
出（で）なくて	→ 出（で）る	出現	下一段動詞
買（か）い取（と）った	→ 買（か）い取（と）る	收買、購買	五段動詞

實用句型

…まったく｜完全、全然

原文——実写（じっしゃ）ドラマになった「エースをねらえ！」なども当時（とうじ）はまったく人気（にんき）が出（で）なくて打（う）ち切（き）りにされた作品（さくひん）です。

（改編成真人連續劇的「網球甜心」等，都是當時完全沒有人氣而被下檔的作品。）

活用——日本（にほん）のアニメは７０年代当時（ななじゅうねんだいとうじ）、大人（おとな）からはまったく相手（あいて）にされていませんでした。

（在 70 年代當時，日本的動畫完全得不到成年人青睞。）

15 テレビの今昔③アニメ 日本創意的結晶！（4）

現在では、日本のアニメの❶独自性は世界的な評価を❷受けています。

アメリカで、テレビではまったく❸放送も宣伝もしなかった日本アニメのＤＶＤが❹非常に❺よく売れたそうです。

それは「涼宮ハルヒの憂鬱」で、ユーチューブから❻爆発的に人気が❼蔓延し、ＤＶＤが売れる❽きっかけになったそうです。

電視的過往今來 ③ 動畫片（4）

如今，日本動畫的❶獨特性❷獲得全球的評價肯定。

聽說在美國有一部完全沒在電視上❸播放、宣傳的日本動畫 DVD ❹非常❺熱賣。

那部動畫就是「涼宮春日的憂鬱」。據說是從 YouTube 網站開始，❻爆紅的人氣❼蔓延，成為了 DVD 大賣的❽契機。

重要單字

文章出現的		原形	意義	詞性
受(う)けて	→	受(う)ける	受到	下一段動詞
しなかった	→	する	做	サ行変格動詞
売(う)れた	→	売(う)れる	暢銷	下一段動詞
蔓延(まんえん)し	→	蔓延(まんえん)する	蔓延	サ行変格動詞

實用句型

…非常(ひじょう)に｜非常、特別

原文——アメリカで、テレビではまったく放送(ほうそう)も宣伝(せんでん)もしなかった日本(にほん)アニメのＤＶＤが非常(ひじょう)によく売(う)れたそうです。
（聽說在美國有一部完全沒在電視上播放、宣傳的日本動畫 DVD 非常熱賣。）

活用——台湾(たいわん)ではマクドナルドなどの洋食系外資産業(ようしょくけいがいしさんぎょう)が非常(ひじょう)に高(たか)いです。
（在台灣，麥當勞等的外商經營的西式餐飲，價格非常昂貴。）

音楽の今昔

跟貧窮學生互相幫忙（1）

音楽は世界各国どこにでもあり、言語や絵画と同じように民族や国家❶によって❷それぞれ独特の表現が存在します。

それらが❸互いに❹影響を受け合って混合し、さらにその深みを❺増していきます。

以前の音源の主流は❻レコードと❼テープでした。レコードは❽アナログ録音、❾つまり音の信号を❿そのままレコードに記録します。

音樂的過往今來（1）

世界各國都有音樂，就像語言和繪畫一樣，❶根據不同的民族和國家，存在❷各異其趣的表現。

那些音樂❸彼此❹互相影響並融合，進而❺持續增加音樂的深度。

以前，音源的主流是❻唱片和❼錄音帶。唱片是❽類比錄音，❾也就是把聲音的信號❿原原本本地記錄到唱片中。

重要單字

文章出現的		原形	意義	詞性
<ruby>存在<rt>そんざい</rt></ruby>します	→	<ruby>存在<rt>そんざい</rt></ruby>する	存在	サ行変格動詞
<ruby>混合<rt>こんごう</rt></ruby>し	→	<ruby>混合<rt>こんごう</rt></ruby>する	混合	サ行変格動詞
<ruby>増<rt>ま</rt></ruby>して	→	<ruby>増<rt>ま</rt></ruby>す	增加	五段動詞
<ruby>記録<rt>きろく</rt></ruby>します	→	<ruby>記録<rt>きろく</rt></ruby>する	記錄	サ行変格動詞

實用句型

…つまり｜也就是

原文——レコードはアナログ<ruby>録音<rt>ろくおん</rt></ruby>、つまり<ruby>音<rt>おと</rt></ruby>の<ruby>信号<rt>しんごう</rt></ruby>をそのままレコードに<ruby>記録<rt>きろく</rt></ruby>します。

（唱片是類比錄音，也就是把聲音的信號原原本本地記錄到唱片中。）

活用——<ruby>税関<rt>ぜいかん</rt></ruby>では<ruby>旅券<rt>りょけん</rt></ruby>、つまりパスポートを<ruby>見<rt>み</rt></ruby>せます。

（在海關要出示證明國籍和身分等的相關證件，也就是護照。）

16 音楽の今昔 跟貧窮學生互相幫忙（2）

❶再生時にはレコードに針を落とすことで音を出し、❷かけるたびにレコードは❸溝が❹磨耗していきます。

なのでレコードは消耗品で、❺寿命がありました。その❻大事なレコードの寿命を❼延ばすために、❽大抵の人はテープを❾併用しました。レコードをテープに録音して❿繰り返し聴くのです。

⓫そうすればレコードは長く使えます。

音樂的過往今來（2）

❶播放時，藉由唱針落在唱盤上而產生音樂。（唱針）每次❷接觸時，唱片的❸溝槽會❹不斷磨損。

因此，唱片屬於消耗品，具有❺使用期限。為了❼延長那些❻寶貴唱片的使用期限，❽大部分的人會❾並用錄音帶，把唱片轉錄（音）到錄音帶❿反覆聆聽。

⓫如此一來，唱片就可以長久使用。

重要單字

文章出現的		原形	意義	詞性
出（だ）し	→	出（だ）す	產生	五段動詞
磨耗（まもう）して	→	磨耗（まもう）する	磨損	サ行變格動詞
併用（へいよう）しました	→	併用（へいよう）する	並用	サ行變格動詞
長（なが）く	→	長（なが）い	長久	い形容詞
使（つか）えます	→	使（つか）う	使用	五段動詞

實用句型

…たびに｜每次、每當…

原文── 再生時（さいせいじ）にはレコードに針（はり）を落（お）とすことで音（おと）を出（だ）し、かけるたびにレコードは溝（みぞ）が磨耗（まもう）していきます。

（播放時，藉由唱針落在唱盤上而產生音樂，（唱針）每次接觸時，唱片的溝槽會不斷磨損。）

活用── 彼女（かのじょ）は挫折（ざせつ）するたびに強（つよ）くなります。

（每當她遇到挫折，就會變得更堅強。）

16 音楽の今昔 跟貧窮學生互相幫忙（3）

当時レコードは❶贅沢品で、とても高かったです。

大判のLPレコードは当時（１９７０〜１９８０年代）でも２５００円〜２８００円くらい❷しました。小学生なら❸こづかい五ヶ月分、高校生以上でもほぼ一ヶ月分❹近い値段でした。

欲しいレコードは❺いっぱいあるけど、こづかいが❻足りない…。そんな人たちのために当時は「❼貸レコード屋」という❽商売がありました。

音樂的過往今來（3）

當時唱片是❶奢侈品，非常昂貴。

大張的密紋唱片即使在當時（１９７０～１９８０年代）也❷要價大約２５００～２８００日圓。小學生的話，這個金額是五個月份的❸零用錢；即使是高中以上的學生，也幾乎是❹將近一個月份的零用錢。

「有❺好多想買的唱片，可是零用錢❻不夠…」。為了那樣的人們，所以當時出現了「❼唱片出租店」這種❽行業。

重要單字

文章出現的		原形	意義	詞性
たか 高かった	→	たか 高い	昂貴	い形容詞
しました	→	する	價值	サ行變格動詞
ちか 近い	→	ちか 近い	將近	い形容詞

實用句型

ちか
…近い｜將近…

原文——高校生以上でもほぼ一ヶ月分近い値段でした。

（即使是高中以上的學生，也幾乎是將近一個月份量的金額。）

活用——風邪が流行してクラスの半数近い人がかかっています。

（感冒在流行，班上將近一半的人都感染了。）

16　音楽の今昔　跟貧窮學生互相幫忙（4）

これは、店が❶たくさんレコードを買って、それを❷貸すのです。

❸借りるお金はレコードの１０分の１くらいの値段でしたから、学生にも便利でした。

それをテープにとって保存すれば、ＬＰ❹一枚分の音源を安く❺手に入れることができるというわけです。❻暇な時には好きな曲だけを別のテープに❼ダビング（複製）して❽編集したりします。

音樂的過往今來（4）

這行業是店家❶大量採購唱片，再把它❷出租。

因為❸租金大約是唱片價格的十分之一，所以對學生也很方便。

如果把租來的唱片轉錄到錄音帶保存，也就是可以很便宜地❺獲得❹一整張密紋唱片的音樂。❻有空時，可以只把喜愛的曲目❼複製、❽編輯到其他錄音帶。

重要單字

文章出現的		原形	意義	詞性
買って	→	買う	購買	五段動詞
保存すれば	→	保存する	保存	サ行変格動詞
安く	→	安い	便宜	い形容詞
ダビングして	→	ダビングする	複製	サ行変格動詞
編集したり	→	編集する	編輯	サ行変格動詞

實用句型

…時｜…時候

原文── 暇な時には好きな曲だけを別のテープにダビング（複製）して編集したりします。

（有空時，可以只把喜愛的曲目複製、編輯到其他錄音帶。）

活用── 疲労の時には休憩するのが一番です。

（疲勞時，休息是最重要的。）

16 音楽の今昔 跟貧窮學生互相幫忙（5）

だから、当時はテープからテープへ録音できる❶Wデッキが❷とても流行っていました。

時代が変わると、今度はＣＤとＭＤが音源の主流となります。ＣＤは❸デジタル録音、つまり音を信号に❹変換して記録する方式です。

なので、❺ノイズ（雑音）がなくなって❻鮮明な音になり、光を❼当てるだけなので磨耗もしません。

音樂的過往今來（5）

因此，當時❷非常流行能夠從錄音帶錄音到錄音帶的❶雙卡錄音機。

隨著時代變遷，這次的話，CD 和 MD 成為音源的主流。CD 是❸數位錄音，也就是把聲音❹轉換成信號再記錄的方式。

所以 CD 沒有❺雜音，是❻清晰的音質。因為（讀取時）只靠雷射光❼掃射感應，也不會產生磨損。

重要單字

文章出現的		原形	意義	詞性
流行(はや)って	→	流行(はや)る	流行	五段動詞
なります	→	なる	變成…	五段動詞
変換(へんかん)して	→	変換(へんかん)する	變換	サ行變格動詞
なく	→	ない	沒有	い形容詞
しません	→	する	做	サ行變格動詞

實用句型

…とても｜非常

原文——当時(とうじ)はテープからテープへ録音(ろくおん)できるWデッキがとても流行(はや)っていました。
（當時非常流行能夠從錄音帶錄音到錄音帶的雙卡錄音機。）

活用——電子(でんし)メールは普通(ふつう)の郵便(ゆうびん)に比(くら)べて、とても便利(べんり)です。
（電子郵件比一般的郵件方便許多。）

16 音楽の今昔　跟貧窮學生互相幫忙（6）

MDは、ＣＤの小型版です。

以前のテープは録音時間に楽曲の①長さを②合わせることが③難しく不便でした。Ａ面からＢ面に④移行する時に曲が切れてしまったり、逆に時間が⑤余ったりなどの⑥不具合がありました。

しかもレコード同様寿命があり、⑦時間がたつと⑧切れたり⑨痛んだりします。

音樂的過往今來（6）

MD 是小型的 CD。

以前的錄音帶的錄音時間❸很難和樂曲的❶長度❷吻合，相當不方便。從 A 面❹換面到 B 面時，有時候歌曲不得不切成兩段；或是反而有❺剩下太多時間之類的❻不良狀況。

而且，（錄音帶）和唱片一樣有使用期限，❼時間一久的話，（帶子）會❽斷掉、❾受損。

重要單字

文章出現的		原形	意義	詞性
難(むずか)しく	→	難(むずか)しい	困難	い形容詞
切(き)れて	→	切(き)れる	切斷、中斷	下一段動詞
余(あま)ったり	→	余(あま)る	剩餘	五段動詞
痛(いた)んだり	→	痛(いた)む	損壞	五段動詞

實用句型

…が難(むずか)しく｜難以…

原文── 以前(いぜん)のテープは録音時間(ろくおんじかん)に楽曲(がっきょく)の長(なが)さを合(あ)わせることが難(むずか)しく不便(ふべん)でした。
（以前的錄音帶的錄音時間很難和樂曲的長度吻合，相當不方便。）

活用── 中国語(ちゅうごくご)は発音(はつおん)が難(むずか)しく複雑(ふくざつ)だと言(い)われます。
（大家都說中文的發音困難又複雜。）

16 音楽の今昔　跟貧窮學生互相幫忙（7）

MDにはそれがなく、❶しかも❷曲順も❸自由に❹編集しなおすことができます。

なので、❺貴重な音源は❻みなMDに移行して保存する人が多いです。

しかし今でも、レコードのアナログ音を❼好む❽通もいます。そんな人たちは❾わざわざ❿古レコード屋で昔のレコードを買って聞いたりします。

音樂的過往今來（7）

MD 就沒有那些問題，❶**而且**可以❸**隨意**❹**重新編輯**❷**曲目順序**。

所以，許多人將❺**珍貴**的音樂❻**全部**轉錄到 MD 保存。

不過即使現在，也有❼**愛好**唱片的類比聲音的❽**行家**，那些人會❾**特地**到❿**二手唱片行**購買以前的唱片來聽。

重要單字

文章出現的		原形	意義	詞性
できます	→	できる	能夠	上一段動詞
移行して	→	移行する	轉移	サ行変格動詞
います	→	いる	有（人）	上一段動詞
聞いたり	→	聞く	聽	五段動詞

實用句型

…わざわざ｜特地

原文── そんな人たちはわざわざ古レコード屋で昔のレコードを買って聞いたりします。
（那些人會特地到二手唱片行購買以前的唱片來聽。）

活用── わざわざ真空管の音響機器を愛用している人もいまだにいます。
（至今仍然有人特別喜歡使用真空管的音響器材。）

ビデオの今昔
激烈的企業戰爭（1）

以前のテレビは、①視聴者がその場にいないと②見られず、好きな番組でも用事で見られないことが多かったです。

また、テレビは一家に一台が普通だったので見たい番組が③違うとそのたびに「④チャンネル争い」がありました。大抵は、特に兄弟（姉妹）の間でそれが⑤激しかったです。

そのため、「見たいテレビ番組を⑥録画して、好きな時に見られる」という⑦ビデオは「⑧夢の家電機器」でした。

錄放影機的過往今來（1）

以前的電視，❶觀眾如果沒有當場在電視機前，就❷無法收看。即使是喜歡的節目，也常常因為有要事而沒辦法看。

而且，因為過去電視通常是一個家庭一台，一旦想看的節目❸不一樣，那時還會發生「❹選台戰爭」。大部分尤其是兄弟姊妹之間，那是非常❺激烈的。

因此，「把想看的電視節目❻錄影下來，想看的時候可以看」的❼錄放影機，堪稱為「❽夢幻家電」。

重要單字

文章出現的		原形	意義	詞性
いない	→	いる	（某人）在	上一段動詞
見られず	→	見る	看	上一段動詞
多かった	→	多い	眾多的	い形容詞
激しかった	→	激しい	激烈的	い形容詞
録画して	→	録画する	錄影	サ行變格動詞

實用句型

…の間｜…之間

原文——特に兄弟（姉妹）の間でそれが激しかったです。
（尤其是兄弟姊妹之間，那是非常激烈的。）
活用——ジャニーズは若い女性の間で人気です。
（傑尼斯藝人在年輕女性之間很受歡迎。）

17 ビデオの今昔(こんじゃく) 激烈的企業戰爭（2）

家庭用ビデオ機器は１９７５年❶ごろから❷発売されていましたが、❸本格的に各家庭に普及するのは８０年代に入ってからでした。

当時は、開発企画の❹違いでβ（ベータ）とＶＨＳ（ブイエッチエス）に分かれていました。ソニーが❺主に開発販売したベータは、小さいテープで❻部品点数が多く、画質は❼上だったそうです。

しかしソニー以外の❽大手❾メーカーはほとんどがＶＨＳを支持し、結局ベータは長い共存期間を❿はさんで⓫競合に⓬敗れました。

錄放影機的過往今來（2）

家用錄放影機是１９７５年❶左右，開始❷在市場上販售，但❸真正普及於每個家庭則是在進入８０年代之後。

當時由於研發計劃的❹不同，分為β和 VHS 兩種規格。由 SONY ❺主力研發販售的 β 規格屬於小型錄影帶，❻零件數量多，但據說畫質❼優良。

但是 SONY 除外的❽大公司❾製造商大多支持 VHS 規格，結果 β 規格在長期共存❿包夾之下，⓫競爭⓬失利。

重要單字 ●────────────────────────

文章出現的		原形	意義	詞性
はつばい 発売されて	→	はつばい 発売する	發售	サ行変格動詞
はい 入って	→	はい 入る	進入	五段動詞
わ 分かれて	→	わ 分かれる	區分	下一段動詞
しじ 支持し	→	しじ 支持する	支持	サ行変格動詞

實用句型 ●────────────────────────

…に分^わかれていました｜分為…

原文── 当時^{とうじ}は、開発企画^{かいはつきかく}の違^{ちが}いでβ（ベータ）とＶＨＳ（ブイエッチエス）に分^わかれていました。

（當時由於研發計劃的不同，分為 β 和 VHS 兩種規格。）

活用── 日本^{にほん}のプロ野球^{やきゅう}は、セントラルリーグとパシフィックリーグに分^わかれています。

（日本職棒分為中央聯盟和太平洋聯盟。）

17　ビデオの今昔(こんじゃく)　激烈的企業戦争（3）

大手(おおて)メーカーのパナソニックがＶＨＳ支持(しじ)を❶決(き)めたのは、社長(しゃちょう)の松下幸之助(まつしたこうのすけ)氏(し)の判断(はんだん)だったそうです。

その理由(りゆう)は「ベータは❷再生(さいせい)機器(きき)が❸重(おも)く、購入後(こうにゅうご)❹配達(はいたつ)が❺必要(ひつよう)だ。しかしＶＨＳ再生(さいせい)機器(きき)は軽(かる)いので自分(じぶん)で❻持(も)って帰(かえ)ってその日(ひ)に使(つか)える」というものだったそうです。

また、❼アダルトビデオの種類(しゅるい)がＶＨＳのほうが多(おお)かったため、こちらを選(えら)ぶ人(ひと)が多(おお)かったという❽説(せつ)もあります。

錄放影機的過往今來（3）

據說大公司製造商 Panasonic ❶決定支持 VHS 規格，是社長松下幸之助的判斷。

據說其理由是「β規格的❷播放機器❸笨重，購買後❺必須❹運送。但 VHS 規格的播放機器因為輕巧，所以顧客可以自己❻帶回去，當天就能使用。」

另外，還有一種❽說法是，因為❼成人錄影帶的種類以 VHS 居多，所以選用 VHS 的人也比較多。

重要單字

文章出現的		原形	意義	詞性
決(き)めた	→	決(き)める	決定	下一段動詞
重(おも)く	→	重(おも)い	沈重的	い形容詞
持(も)って	→	持(も)つ	拿	五段動詞
帰(かえ)って	→	帰(かえ)る	回去	五段動詞

實用句型

…が必要(ひつよう)だ｜必須

原文──ベータは再生機器(さいせいきき)が重(おも)く、購入後配達(こうにゅうごはいたつ)が必要(ひつよう)だ。
　　　（β規格的播放機器笨重，購買後必須運送。）

活用──電池(でんち)が切(き)れたので、交換(こうかん)が必要(ひつよう)です。
　　　（因為電池沒電了，必須換電池。）

17 ビデオの今昔（こんじゃく） 激烈的企業戰爭（4）

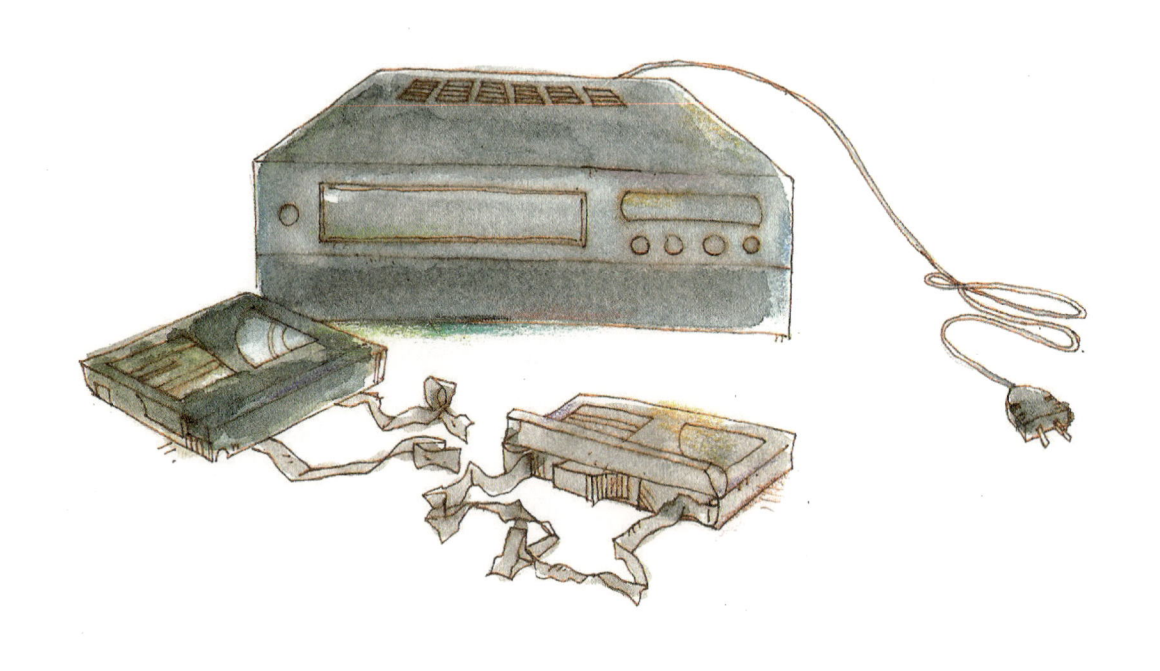

❶音楽（おんがく）テープ同様（どうよう）、ビデオテープも❷切（き）れたり❸絡（から）まったり❹画（が）質劣化（しつれっか）する宿命（しゅくめい）を❺背負（せお）っていました。それがＤＶＤ開発（かいはつ）へと❻つながっていきました。

時（とき）は❼流（なが）れ、時代（じだい）はテープから❽ディスクに移（うつ）ります。

ＤＶＤ❾すら一般家庭（いっぱんかてい）に普及（ふきゅう）しきっていない❿２０００ゼロ年代（にせんねんだい）、⓫すでに各社（かくしゃ）は次世代機（じせだいき）の研究（けんきゅう）・開発（かいはつ）を始（はじ）めました。

錄放影機的過往今來（4）

和❶音樂的錄音帶一樣，錄影帶也❺背負了帶子❷斷掉、❸絞帶，或❹畫質變差的宿命。那些原因❻不斷影響到對於 DVD 的開發。

時光❼流逝，時勢從錄影帶推移至❽光碟。

在 DVD ❾甚至未完全普及於一般家庭的❿２０００年～２００９年間，各公司⓫已經開始研發「次世代機」。

重要單字

文章出現的	原形	意義	詞性
切れたり →	切れる	斷掉	下一段動詞
絡まったり →	絡まる	纏住	五段動詞
背負って →	背負う	擔負	五段動詞
移ります →	移る	時間推移	五段動詞
普及し →	普及する	普及	サ行変格動詞

實用句型

…すら｜連、甚至

原文──ＤＶＤすら一般家庭に普及しきっていない２０００ゼロ年代…
（當 DVD 甚至未完全普及於一般家庭的 2000 年～2009 年間…）

活用──彼女は水球はおろか水泳すらできません。
（不用說水球了，她連游泳都不會。）

17 ビデオの今昔(こんじゃく) 激烈的企業戰爭（5）

ここでも次世代機はテープの時代❶同様、二つの主流に❷分かれます。

東芝を代表とするHD・DVDと、ソニーを代表とする❸ブルーレイの二つです。アメリカの❹ハリウッド会社も、この二つのどちらを支持するかで❺大きく分かれました。

❻勝敗の行方は❼当初はまったく❽予想も付きませんでした。しかし、何度かの開発・発表の後、前回の競合に❾敗れたソニーが、今度はブルーレイで❿完全勝利を手にしました。

錄放影機的過往今來（5）

「次世代機」的情況，也和錄影帶的時代❶一樣，❷分成兩派主流。

分別是以東芝為代表的 HD‧DVD，和以 SONY 為代表的❸藍光燒錄片兩派。美國的❹好萊塢公司也因為應該支持這兩派的哪一邊，而❺產生極大的分歧。

❼當初，完全❽無法預測❻勝負結果。但是，經過好幾次的研發及發表之後，在上回的競爭中❾失利的 SONY，這次以藍光燒錄片❿獲得壓倒性的勝利。

重要單字

文章出現的	原形	意義	詞性
分(わ)かれます →	分(わ)かれる	區分	下一段動詞
大(おお)きく →	大(おお)きい	大的	い形容詞
付(つ)きません →	付(つ)く	定下	五段動詞
敗(やぶ)れた →	敗(やぶ)れる	失敗	下一段動詞

實用句型

…を代表(だいひょう)とする｜以…為代表

原文──東芝(とうしば)を代表(だいひょう)とするHD・DVDと、ソニーを代表(だいひょう)とするブルーレイの二(ふた)つです。

（以東芝為代表的 HD・DVD，和以 SONY 為代表的藍光燒錄片兩派。）

活用──麻婆豆腐(まあぼどうふ)を代表(だいひょう)とする四川料理(しせんりょうり)は日本(にほん)で人気(にんき)です。

（以麻婆豆腐為代表的四川料理在日本很受歡迎。）

17 ビデオの今昔(こんじゃく) 激烈的企業戰爭（6）

さすがハイビジョン！絵がきれい！

今ではＨＤ・ＤＶＤは❶すでに生産を❷終了し、完全にブルーレイに❸統一化されることになりました。

このブルーレイの高画質は、２０１１年に始まる❹地上デジタル放送に❺合わせて、家庭内に❻より高品質の娯楽を提供することになるでしょう。

錄放影機的過往今來（6）

目前的話，HD 和 DVD ❶已經❷停止生產，完全❸被整合統一為藍光燒錄片。

這種藍光燒錄片的高畫質，❺搭配 2011 年開始實施的❹地上波數位放送，應該可以提供每個家庭❻更高品質的娛樂吧！

重要單字

文章出現的		原形	意義	詞性
終了し（しゅうりょう）	→	終了する（しゅうりょう）	終止	サ行変格動詞
なりました	→	なる	變成…	五段動詞
合わせて（あ）	→	合わせる（あ）	配合	下一段動詞

實用句型

…より｜更…

原文——家庭内により高品質の娯楽を提供することになるでしょう。
（應該可以提供每個家庭更高品質的娛樂吧！）

活用——イチローはより高い目標のために大リーグに行きました。
（鈴木一朗為更高的目標，前往美國大聯盟。）

大人の教科書の今昔

床底下的圖書館（1）

「❶大人の教科書」とは、大人しか見てはいけない❷素敵な写真や秘密の文章が❸たくさんあって、１８歳以下は禁止の本のことです。

子供たちはそれを見て「❹大人の勉強」をして、未知の世界を予習します。

以前の日本では❺規制が❻厳しく、胸❼すら見せないで❽隠しているような内容のものが多かったです。そうした本は、もちろん❾小中学生が❿レジに持って行くことはありません。

成人色情書刊的過往今來（１）

「❶成人色情書刊」是指刊載❸許多只有成年人才能看的❷精彩照片及私密文章，而且１８歲以下禁止閱讀的書籍。

孩子們看那種書進行「❹成人的學習」，預習未知的世界。

以前的日本❺規定很❻嚴格，大多數的內容❼甚至連胸部都❽遮著不外露。當然，❾中小學生不會拿那樣的書到❿收銀台結帳。

重要單字 ●

文章出現的	原形	意義	詞性
いけない	→ いける	可行	下一段動詞
予習します	→ 予習する	預習	サ行変格動詞
厳しく	→ 厳しい	嚴格	い形容詞
隠して	→ 隠す	遮蓋	五段動詞
持って	→ 持つ	拿	五段動詞

實用句型 ●

…もちろん｜當然

原文──もちろん 小中学生がレジに持って行くことはありません。
（當然，中小學生不會拿那樣的書到收銀台結帳。）

活用──子供は、もちろん甘いものが大好きです。
（小孩子當然最喜歡吃甜食了。）

18 ｜大人の教科書の今昔 ｜床底下的圖書館（2）

しかし❶高校くらいになれば大体の子が買うようになります。

❷大抵の子は「それだけ買う」のが❸恥ずかしいので、他の普通の雑誌なども❹一緒に買って「❺ついでに買いました」という❻フリをします。

勉強が終わったら、ベッドのある家庭では❼ベッドの下に❽隠すのが❾定番でした（布団の家庭は❿押入れの奥）。⓫男同士で友達の家に行くと⓬必ずベッドの下を検査して、優良図書はみんなの閲覧の対象となりました。

成人色情書刊的過往今來（2）

不過大約上了❶高中，多數的孩子都會買這種書籍。

❷大部分的孩子會因為「只買那種書」很❸丟臉，所以其他的一般雜誌等也會❹一起買，再❻假裝是「❺順便買了」。

做完功課後，有西式睡床的家庭的話，❽躲在❼床底下偷看是❾固定會做的事情（棉被鋪床的家庭，則躲在❿壁櫥裡）。⓫男孩子們一到朋友家，⓬一定會檢查床底下，內容精彩的，就成了大家爭相閱讀的目標。

重要單字●

文章出現的		原形	意義	詞性
なれば	→	なる	成為	五段動詞
買(か)いました	→	買(か)う	購買	五段動詞
します	→	する	做	サ行変格動詞
終(お)わったら	→	終(お)わる	結束	五段動詞
検査(けんさ)して	→	検査(けんさ)する	檢查	サ行変格動詞

實用句型●

…ついでに｜順便

原文── 他(ほか)の普通(ふつう)の雑誌(ざっし)なども一緒(いっしょ)に買(か)って「ついでに買(か)いました」というフリをします。

（其他的一般雜誌等也會一起買單，再假裝是「順便買了」。）

活用── 買(か)い物(もの)に行(い)くついでに、公園(こうえん)を散歩(さんぽ)します。

（趁著要去買東西，順便去公園散步。）

18 ｜大人の教科書の今昔 ｜ 床底下的圖書館（3）

家に持って帰れない子は、広場の❶空き地とか❷空き家などに「秘密基地」を❸作ってそこに❹保管していました。

　１９７０年代までは、東京❺といっても空き地が多く、❻工事現場とか❼野原がいっぱいありました。そんな所は子供たちの❽恰好の「秘密基地」になりました。

　そこには❾興味津々の小学生などが❿留守を狙って⓫出入りして、熱心に勉強に⓬励みました。

成人色情書刊的過往今來（3）

沒辦法把書帶回家的孩子，則在廣場的❶空地或❷空屋等❸建造「祕密基地」，把書❹收藏在那裡。

一直到１９７０年代，❺即使是東京，也有許多空地；而且❻工地和❼荒地很多。那種地方就成了孩子們❽適合的「祕密基地」。

在那裡會有❾興致勃勃的小學生等，❿趁裡面沒人時⓫進出，專注地⓬努力「用功」。

重要單字

文章出現的	原形	意義	詞性
帰(かえ)れない →	帰(かえ)る	回去	五段動詞
保管(ほかん)して →	保管(ほかん)する	保管	サ行變格動詞
狙(ねら)って →	狙(ねら)う	趁機	五段動詞
出入(でい)りして →	出入(でい)りする	出入	サ行變格動詞

實用句型

…熱心(ねっしん)に｜集中精神、專心

原文——そこには 興味津々(きょうみしんしん)の 小学生(しょうがくせい)などが留守(るす)を狙(ねら)って出入(でい)りして、熱心(ねっしん)に勉強(べんきょう)に励(はげ)みました。

　　（在那裡會有興致勃勃的小學生等，趁裡面沒人時進出，專注地努力「用功」。）

活用——のだめは熱心(ねっしん)にピアノを練習(れんしゅう)しました。

　　（野田妹專心練習鋼琴。）

　　（註）野田妹是日劇『交響情人夢』女主角的暱稱。

18 ｜ 大人の教科書の今昔　床底下的圖書館（4）

時代が❶インターネットの時代になると、そうした❷刊行物はどんどん❸売れなくなります。

同等以上の内容をパソコンでも学習できるようになったからです。今ではパソコンは、学校の勉強も大人の勉強もできる❹万能の道具になりました。

大人の教科書をベッドの下に❺隠していた世代からは❻想像もできないほどの時代になりました。

成人色情書刊的過往今來（4）

進入❶網路時代之後，那類❷刊物逐漸❸變得滯銷。

這是因為利用電腦也可以學到同等、甚至更精彩的內容。如今電腦已成為可以學習學校知識，也可以了解成人知識的❹萬能道具。

現在已經進入把成人色情書刊❺藏在床底下的那個世代❻無法想像程度的時代了。

重要單字

文章出現的		原形	意義	詞性
売れなく	→	売れる	暢銷	下一段動詞
なりました	→	なる	變成…	五段動詞
隠して	→	隠す	隱藏	五段動詞

實用句型

…になると｜進入…、成為

原文──時代がインターネットの時代になると、そうした刊行物はどんどん売れなくなります。
（進入網路時代之後，那類刊物逐漸變得滯銷。）

活用──大人になると、だんだん想像力が弱くなっていきます。
（長大後，想像力逐漸減弱。）

交際・結婚の今昔

深刻的非血縁関係的感情（1）

以前の社会では❶人口が少ない割りに、仕事や居住環境は❷かなり❸閉鎖的でした。

小さな村では❹特に、同じような❺年頃の異性がとても少なく、❻都会であっても❼工場や会社以外の人と❽出会うことが大変少なかったです。なので❾お見合いや紹介などで❿知り合う方法が主流でした。

中には、「年頃が近いから」というだけの理由で、⓫お互いの顔をよく見たこともないのに結婚して夫婦になるようなこと⓬さえありました。しかし⓭その割りには⓮夫婦仲もよかった家庭が多いです。

交際・結婚的過往今來（1）

以前的社會❶雖然人口稀少，但是工作和居住環境❷相當❸封閉。

在小村子裡，❹尤其是相同❺年齡的異性非常少；即使在❻城市，也很少有機會❽結識❼工廠或公司以外的人。所以透過❾相親、介紹等❿互相認識的方式，是當時的主流。

其中，有的⓬甚至只是「因為年紀相近」的理由，明明⓫未曾仔細看過彼此的長相，就要結為夫妻。但是⓭反而許多家庭的⓮夫妻感情也很好。

重要單字

文章出現的	原形	意義	詞性
すく 少なく →	すく 少ない	少的	い形容詞
み 見た →	み 見る	看	上一段動詞
ありました →	ある	有（事物）	五段動詞
よかった →	よい	好的	い形容詞

實用句型

…<ruby>大変<rt>たいへん</rt></ruby>｜非常、很

原文——<ruby>都会<rt>とかい</rt></ruby>であっても<ruby>工場<rt>こうじょう</rt></ruby>や<ruby>会社<rt>かいしゃ</rt></ruby><ruby>以外<rt>いがい</rt></ruby>の<ruby>人<rt>ひと</rt></ruby>と<ruby>出会<rt>であ</rt></ruby>うことが<ruby>大変<rt>たいへん</rt></ruby><ruby>少<rt>すく</rt></ruby>なかったです。

（即使在城市，也很少有機會結識工廠或公司以外的人。）

活用——この<ruby>本<rt>ほん</rt></ruby>は<ruby>大変<rt>たいへん</rt></ruby><ruby>面白<rt>おもしろ</rt></ruby>いです。

（這本書很有趣。）

19　交際・結婚の今昔　深刻的非血緣關係的感情（2）

今でも、❶住宅街に住んでいたら❷近所の人でも会うことは❸稀です。

❹隣に住んでいるのに十年以上も顔を見ないことも❺珍しくありません。そうすると当然、学校の❻同級生とか職場恋愛以外に異性と知り合う機会があまりないのは、昔と❼変わりません。

今では、❽親同士や❾仲人など❿年上の人が⓫とりもってお見合いをするよりも、子供たちだけで⓬気ままに出会う「⓭合コン」方式が主流となりました。

交際・結婚的過往今來（2）

即使是現在，住在❶住宅區，結果連❷附近鄰居也❸鮮少碰面。

明明住在❹隔壁，卻十幾年都沒見過面也❺不稀奇。如此一來，除了學校的❻同學，或是職場戀情之外，幾乎沒有機會認識異性的情況，當然和以前❼沒有兩樣。

如今，相較於由❽父母、❾媒人等❿長輩⓫安排進行相親，只由小孩們自己⓬隨性認識的「⓭聯誼」方式已成為主流。

重要單字

文章出現的		原形	意義	詞性
住んで	→	住む	居住	五段動詞
珍しく	→	珍しい	稀奇的	い形容詞
とりもって	→	とりもつ	居中介紹	五段動詞
なりました	→	なる	變成…	五段動詞

實用句型

…気ままに｜隨性地

原文——子供たちだけで気ままに出会う「合コン」方式が主流となりました。
（只由小孩們自己隨性認識的「聯誼」方式已成為主流。）

活用——外国旅行は詰め込みすぎずに気ままに歩くほうが楽しいです。
（出國旅行不要安排太多行程，隨性走走會比較有趣。）

19 | 交際・結婚の今昔 | 深刻的非血緣關係的感情（3）

「合コン」とは「合同コンパ」の❶略で、同人数同士の男女が❷お酒の席で❸知り合う❹集まりのことです。

以前と今で大きく❺違うのは、男女が❻お互いに選び合うのではなく、選択権の❼ほとんどは女性側にあるということです。

❽交際したい男性は、❾名刺や携帯番号などの❿連絡先を女性に⓫渡します。女性のほうにも⓬気があれば連絡します。なければ、⓭その場限りとなります。女性からは、自分の連絡先を渡すことはありません。

交際・結婚的過往今來（3）

「合コン」是「合同コンパ」（聯合派對）的❶簡稱，是指相同人數的男女在❷飲酒會❸互相認識的❹聚會。

和過去有很大❺不同的是，現在不是男女生❻彼此互選，而是選擇權❼大部分都在女生這邊。

❽想要（和某位女生）交往的男生，就把❾名片和手機號碼等❿聯絡方式⓫給女生。女生這邊也⓬有意願的話，就會跟對方聯絡；沒有的話，互動就⓭僅限於當場。女生不會主動給出自己的聯絡方式。

重要單字 ●

文章出現的		原形	意義	詞性
大きく	→	大きい	大的	い形容詞
交際したい	→	交際する	交往	サ行変格動詞
渡します	→	渡す	交、遞	五段動詞
なければ	→	ない	沒有	い形容詞
連絡します	→	連絡する	聯絡	サ行変格動詞

實用句型 ●

…の略 ｜ …的簡稱

原文——「合コン」とは「合同コンパ」の略 で…
　　　　（「合コン」是「合同コンパ」的簡稱…）

活用——「キムタク」とは「木村拓哉」の略 です。
　　　　（「キムタク」是「木村拓哉」（キムラタクヤ）的簡稱。）

19　交際・結婚の今昔　深刻的非血緣關係的感情（４）

男性側は自分の❶家柄・学歴・地位・収入❷を武器に、❸条件のよい女性に気に入られようとします。

中でも、医者、❹弁護士、❺経営者などは❻人気業種です。女性のほうも、美貌❼を前提として、家柄がよく学歴もあるほど、より多くの男性を選択することができるというわけです。

しかし女性のほうが❽結婚のやり直しが❾効かないので、こうしたやり方は❿あながち不公平だとは言えません。

交際・結婚的過往今來（4）

男生這邊會把自己的❶家世、學歷、社會地位、收入❷當作武器，❸想要被條件好的女生喜歡。

其中，醫生、❹律師、❺企業經營者等，是❻受歡迎的職業。女生這邊也是以外表漂亮❼為基本條件，就是家世好、學歷也高，越能挑選更多的男生。

不過，因為女性比較❾沒辦法❽婚姻重來，所以這種做法（女選男）也❿未必能說是不公平。

重要單字

文章出現的		原形	意義	詞性
よく	→	よい	好的	い形容詞
効かない	→	効く	能夠	五段動詞
言えません	→	言う	說	五段動詞

實用句型

…を武器に｜以…為武器

原文——男性側は自分の家柄・学歴・地位・収入を武器に…
（男生這邊會把自己的家世、學歷、社會地位、收入當作武器…）

活用——彼女は美貌を武器にたくさんのお客と親しくなりました。
（她以美貌為武器，和很多顧客關係親密。）

お店の今昔

顧客都是熟面孔（1）

日本のお店は住宅地の近くにあり、お客さんも大体❶顔見知りが多かったです。

以前は店を「❷魚屋さん」などと、人のように❸「さん」付けで❹呼ぶことが多かったです。これは、店よりも顔を❺認識していたからです。❻知り合いなので「さん」付けで呼ぶわけです。

最近の店は「❼コンビニさん」などとは呼びません。店も客もお互いに認知の❽間柄ではないからです。

商店的過往今來（1）

日本的商店座落於住宅區附近，上門的顧客也多半都是❶熟人。

以前，多半用「❷賣魚先生」之類，像人一樣，用❸加上「對人的尊稱用語」的方式來❹稱呼商店。這是因為相較於店鋪，顧客更❺熟悉店主的臉孔。因為彼此是❻認識的人，所以加上「對人的敬稱」來稱呼。

最近的商店，則不稱呼「❼便利商店先生」之類的。因為商店和顧客，彼此都不是互相認識的❽關係。

重要單字

文章出現的		原形	意義	詞性
多(おお)かった	→	多(おお)い	很多的	い形容詞
認識(にんしき)していた	→	認識(にんしき)する	認識	サ行変格動詞
呼(よ)びません	→	呼(よ)ぶ	稱呼	五段動詞

實用句型

…より｜相較於…

原文──店(みせ)**より**も顔(かお)を認識(にんしき)していたからです。

（因為相較於店鋪，顧客更熟悉店主的臉孔。）

活用──男性(だんせい)**より**女性(じょせい)が普通(ふつう)は優遇(ゆうぐう)されます。

（相較於男性，女性通常較受禮遇。）

20 お店の今昔 顧客都是熟面孔（2）

以前の店は「❶小売店」が主流でした。

住宅地の商店街に肉屋・魚屋・❷八百屋・❸パン屋・豆腐屋・食堂などが❹並び、付近の住民が主な顧客でした。また、食べ物屋の他にも❺文房具屋・雑貨屋・薬屋・❻本屋などもありました。

これらの店は大体９時か１０時ごろに❼開き、❽夕方の５時か６時には❾閉まっていました。

商店的過往今來（2）

以前的商店以「❶零售商店」為主流。

住宅區的商店街上，肉店、魚店、❷蔬菜店、❸麵包店、豆腐店、餐廳等❹林立，以附近的居民為主要顧客。而且，除了賣吃的店，還有❺文具店、雜貨店、藥局、❻書店等。

這些商店大多在９點或１０點左右❼開門營業，❽傍晚 ５點或６點的時候❾打烊。

重要單字

文章出現的	原形	意義	詞性
並(なら)び →	並(なら)ぶ	排列	五段動詞
ありました →	ある	有（事物）	五段動詞
開(ひら)き →	開(ひら)く	開門營業	五段動詞
閉(し)まって →	閉(し)まる	打烊	五段動詞

實用句型

…他(ほか)｜除此之外

原文──食(た)べ物(もの)屋(や)の他(ほか)にも文房具屋(ぶんぼうぐや)・雑貨屋(ざっかや)・薬屋(くすりや)・本屋(ほんや)などもありました。
（除了賣吃的店，還有文具店、雜貨店、藥局、書店等。）

活用──台湾(たいわん)では、寿司(すし)の他(ほか)にも鰻(うなぎ)が、人気(にんき)ある日本食(にほんしょく)です。
（在台灣，除了壽司，鰻魚也是很受歡迎的日本食物。）

20 お店の今昔　顧客都是熟面孔（3）

なので、❶鋏や鉛筆などの❷学用品を買うにも、学校が終わって❸すぐ買いに行かないといけませんでした。

遊び終わって家に帰るころ❹思い出しても、店は閉まっています。主婦にしても❺料理の最中に忘れた食材を買いに行っても、❻すでに店が終わった後だったりします。

こうした小売店の他に❼スーパーマーケットもありましたが、営業時間は❽大体同じでした。

商店的過往今來（3）

所以，如果要買❶剪刀、鉛筆之類的❷學習用品，也必須在下課後❸立刻去買。

即使遊玩結束、要回家時❹想起來，店家也已經打烊。就算家庭主婦即使在❺煮菜中途去買忘了買的食材，也會碰上店家❻已經打烊的情形。

早期除了這種零售商店，也有❼超級市場，但營業時間❽大致（跟零售商店）相同。

重要單字

文章出現的		原形	意義	詞性
終わって	→	終わる	結束	五段動詞
行かない	→	行く	去	五段動詞
いけませんでした	→	いける	可行	下一段動詞
思い出して	→	思い出す	想起	五段動詞
忘れた	→	忘れる	忘記	下一段動詞

實用句型

…ないといけません｜必須

原文──学校が終わってすぐ買いに行かないといけませんでした。
　　　（必須在下課後立刻去買。）
活用──税関ではパスポートを見せないといけません。
　　　（在海關必須出示護照。）

20 お店の今昔　顧客都是熟面孔（4）

　１９８０年代の❶始め頃から、「❷コンビニエンスストア」が❸急速に普及してきました。

　コンビニ（註）の❹草分けであるセブンイレブンは、イトーヨーカドーが❺アメリカから権利を買って経営を始めたものです。

　名前の由来は「❻朝７時から夜１１時まで」で、当初は２４時間営業ではありませんでした。

（註）「コンビニ」是「コンビニエンスストア」的簡稱。

商店的過往今來（4）

從１９８０年代❶初期開始，「❷便利商店」❸迅速地普及起來。

便利商店的❹先驅──「7-ELEVEN」是伊藤洋華堂（Ito Yokado）從❺美國購買專利後展開經營的商店。

名稱的由來是「從❻早上７點到深夜１１點」，當時還不是２４小時營業。

重要單字●

文章出現的	原形	意義	詞性
普及（ふきゅう）して	→ 普及（ふきゅう）する	普及	サ行変格動詞
買（か）って	→ 買（か）う	購買	五段動詞
始（はじ）めた	→ 始（はじ）める	開始	下一段動詞

實用句型●

…から｜從…

原文──イトーヨーカドーがアメリカから権利（けんり）を買って経営（けいえい）を始（はじ）めたものです。
（伊藤洋華堂從美國購買專利後展開經營的商店。）

活用──私（わたし）はそのニュースを課長（かちょう）から聞（き）きました。
（我從課長那裡聽到了那個消息。）

20 お店の今昔 顧客都是熟面孔（5）

しかし、この営業時間なら朝学校に行く前とか夜思い出した時にも、文房具などを❶緊急に求めることができるので当時としては❷画期的だったのです。

コンビニは❸あっという間に❹広がり、特に❺現金引き出し機の設置などで庶民には❻欠かせない便利なものとなっています。

しかしいまだに、古い商店街の❼面影を❽残す街並みも残っている所もあり、スーパー（註）やコンビニと共存しています。

（註）「スーパー」は「スーパーマーケット」的簡稱。

商店的過往今來（5）

不過，如果是這樣的營業時間，因為無論是在早晨要上學前，還是晚上想起來的時候，都可以❶緊急買到文具用品之類的東西，所以在當時算是❷劃時代的。

便利商店❸瞬間❹蓬勃發展，尤其是設置了❺自動提款機等，更成為一般大眾❻不可或缺的便利伙伴。

不過即使現在，日本有些地方仍存在著❽保留昔日商店街❼風貌的街景，超市和便利商店並存著。

重要單字

文章出現的		原形	意義	詞性
思い出した	→	思い出す	想起	五段動詞
広がり	→	広がる	擴展	五段動詞
欠かせない	→	欠かす	欠缺	五段動詞
なって	→	なる	變成…	五段動詞
共存して	→	共存する	共存	サ行変格動詞

實用句型

…いまだに｜仍然

原文──しかしいまだに、古い商店街の面影を残す街並みも残っている所もあり…

（不過即使現在，日本有些地方仍存在著保留昔日商店街風貌的街景…）

活用──彼は、いまだに携帯を持っていません。

（他到現在仍然沒有手機。）

お風呂屋の今昔

販賣洗澡快樂的店（1）

日本人は❶お風呂に入ることを一種の娯楽と考える人が多いです。

温泉なども、❷じいさん❸ばあさんが治療のために行くだけでなく、❹若い人も楽しみのために温泉旅行に行ったりします。なので、治療効果よりも設備が❺売りになります。

❻体をきれいにしたり治療したりだけでなく、精神的満足度を❼与えることが重要なのです。

澡堂的過往今來（1）

許多日本人認為❶泡澡是一種娛樂。

溫泉之類的也是如此。不僅❷老爺爺❸老奶奶因為醫療的目的去泡溫泉，❹年輕人也會為了休閒娛樂而進行溫泉旅行。因此，相較於醫療效果，設備更❺成為賣點。

不僅❻清潔身體、治療疾病，❼提供精神上的滿足是很重要的。

重要單字

文章出現的		原形	意義	詞性
行ったり	→	行く	去	五段動詞
売りになります	→	売りになる	變成賣點	五段動詞
きれいにしたり	→	きれいにする	使變清潔	サ行變格動詞
治療したり	→	治療する	治療	サ行變格動詞

實用句型

…ため｜因為…

原文──温泉なども、じいさんばあさんが治療のために行くだけでなく…
（不僅老爺爺老奶奶因為醫療的目的去泡溫泉…）

活用──雪が降ったために、電車が止まりました。
（因為下雪，電車停駛了。）

21 お風呂屋の今昔 販賣洗澡快樂的店（2）

以前は、❶部屋に風呂のない❷アパートが多かったので、街の商店街には❸必ずお風呂屋がありました。

商店街から❹突き出た風呂屋の❺煙突も、夏に冬に❻通う人々の様子も、風情ある❼暮らしの❽一コマでした。

風呂屋から帰る人たちは、夏は❾首に❿タオルをかけ⓫濡れた髪で手に⓬アイスキャンディーなどを持って、⓭のんびりと歩いていました。

澡堂的過往今來（2）

以前，由於多數的❷公寓在❶房間裡沒有浴室，所以城裡的商店街上❸一定有澡堂。

從商店街❹突出的澡堂❺煙囪，以及夏天、冬天時❻往返澡堂泡澡的人們的樣子，都是別有風情的❼生活❽一幕。

從澡堂要回家的人們，夏季時❾脖子上會掛著❿毛巾，頂著⓫濕淋淋的頭髮，手拿⓬冰棒之類的，⓭悠閒地漫步。

重要單字

文章出現的		原形	意義	詞性
多(おお)かった	→	多(おお)い	眾多的	い形容詞
突(つ)き出た	→	突(つ)き出る	突出	下一段動詞
濡(ぬ)れた	→	濡(ぬ)れる	濕透	下一段動詞
持(も)って	→	持(も)つ	拿	五段動詞
歩(ある)いて	→	歩(ある)く	步行	五段動詞

實用句型

… 必(かなら)ず｜一定

原文── 街(まち)の商店街(しょうてんがい)には必(かなら)ずお風呂屋(ふろや)がありました。

（城裡的商店街上一定有澡堂。）

活用── 東京(とうきょう)の交通(こうつう)は、雪(ゆき)が降(ふ)ると必(かなら)ず麻痺(まひ)します。

（東京的交通一下雪必定癱瘓。）

21 お風呂屋の今昔 販賣洗澡快樂的店（3）

冬は❶湯冷めをしないように❷しっかり上着を❸着て、❹熱い缶コーヒーなどを両手に持って暖かい家へと❺帰り道を急ぎました。

家にお風呂のある人たちも、そうした人々の風呂屋への❻行き帰りの情緒を❼目にするのもまた、生活の中の楽しみの一つだったのです。

ある❽青春ドラマでは、毎回❾主役の男女が話の最後に必ず近くのお風呂屋に行き、一緒にアパートへ帰る❿後姿が印象的でした（註）。

（註）該劇是『俺たちの朝』，由勝野洋、小倉一郎、長谷直美主演。

澡堂的過往今來（3）

冬季的話，❶為了避免洗澡後著涼，會❷妥善地❸穿上外衣，兩手握著❹罐裝熱咖啡之類的，循著溫暖的家的方向，匆促地踏上❺歸途。

家裡有浴室的人們，❼看著那種許多人❻往返澡堂的氣氛，也是生活中的樂趣之一。

當時某一部❽青春偶像劇中，每一集結尾時，男女❾主角一定會前往附近的澡堂，兩人泡澡後再一起走回公寓的❿背影曾令許多人印象深刻。

重要單字

文章出現的		原形	意義	詞性
着て	→	着る	穿著	上一段動詞
急ぎました	→	急ぐ	急忙	五段動詞
行き	→	行く	去	五段動詞

實用句型

…をしないように｜為了避免…

原文──冬は湯冷めをしないようにしっかり上着を着て…
　　　（冬季的話，為了避免洗澡後著涼，會妥善地穿上外衣…）

活用──試験官は、生徒が不正行為をしないように見張ります。
　　　（監考官為了避免學生作弊而進行監視。）

21　お風呂屋の今昔　販賣洗澡快樂的店（4）

しかし、古いアパートが❶建て直されどこも風呂付きになると、風呂屋は❷用がなくなります。

そこで、❸要らなくなった風呂屋は❹どんどん❺取り壊されて今ではもう❻ほとんど見られなくなりました。

そこで最近では「❼スーパー銭湯」と言われる、完全に娯楽に徹した方式のものが新しく❽出てきました。

澡堂的過往今來（4）

不過，一旦老式公寓❶被改建，家家戶戶都有浴室後，澡堂的❷功能也會消失。

於是，❸喪失用處的澡堂❹陸續❺被拆除，現在❻幾乎已經看不到澡堂了。

因此，最近新❽出現了一種被稱為「❼超級公共澡堂」、完全貫徹娛樂目的的新式澡堂。

重要單字

文章出現的		原形	意義	詞性
建<ruby>た</ruby>て直<ruby>なお</ruby>され	→	建<ruby>た</ruby>て直<ruby>なお</ruby>す	重建	五段動詞
要<ruby>い</ruby>らなく	→	要<ruby>い</ruby>る	需要	五段動詞
取<ruby>と</ruby>り壊<ruby>こわ</ruby>されて	→	取<ruby>と</ruby>り壊<ruby>こわ</ruby>す	拆毀	五段動詞
徹<ruby>てっ</ruby>した	→	徹<ruby>てっ</ruby>する	貫徹	サ行変格動詞
出<ruby>で</ruby>て	→	出<ruby>で</ruby>る	出現	下一段動詞

實用句型

…ほとんど｜幾乎

原文──今<ruby>いま</ruby>ではもうほとんど見<ruby>み</ruby>られなくなりました。
　　　（現在幾乎已經看不到了。）
活用──多<ruby>おお</ruby>くの日本人<ruby>にほんじん</ruby>はほとんど英語<ruby>えいご</ruby>をしゃべれません。
　　　（很多日本人幾乎不會說英文。）

21 お風呂屋の今昔 販賣洗澡快樂的店（5）

これは各家庭にお風呂があることを前提に、家庭にない❶マッサージ浴槽や❷サウナ室、露天風呂などの付属設備が売りになっています。

また、食堂や休憩設備、❸駐車場などもあり、❹日帰りで旅行❺気分を❻味わいたい人などが利用します。

大きな❼湯船に❽ゆっくり入りたいという願いを日本人が❾常に持っている❿限り、銭湯は⓫形を変えて存続し続けるようです。

澡堂的過往今來（5）

這種新式澡堂是以每個家裡都有浴室為前提，以一般家庭沒有的❶按摩浴缸、❷蒸氣室、露天浴池等附屬設備為賣點。

而且，也有餐廳、休憩設施、❸停車場等。透過❹當天來回的方式，❻想要體驗旅行❺氣氛的人等，就會利用這樣的地方。

❿只要日本人❾一直存有❽想要舒服地泡入大型❼浴池的心願，公共澡堂似乎就能夠⓫轉型並繼續存續。

重要單字

文章出現的		原形	意義	詞性
味わいたい	→	味わう	體驗	五段動詞
利用します	→	利用する	利用	サ行變格動詞
入りたい	→	入る	進入	五段動詞
持って	→	持つ	抱持	五段動詞
変えて	→	変える	改變	下一段動詞

實用句型

…限り｜只要

原文——大きな湯船にゆっくり入りたいという願いを日本人が常に持っている限り…

（只要日本人一直存有想要舒服地泡入大型浴池的心願…）

活用——決してあきらめない限り、希望の扉はすべての人に開かれています。

（只要永不放棄，希望之門就會為所有人敞開著。）

食堂の今昔

從「提供飲食的飯館」到「提供美食的餐廳」（1）

台湾では❶共働きや❷塾などの関係で❸家族が❹それぞれ❺食事を済ませることも多いですが、日本では家庭で料理を作って家族一緒に食べるのが普通です。

❻安く食材を買って自分の家で料理をしたほうが、❼お金がかからないからです。

なので外で食事をするというのは「作る時間がないので外で食べる」わけではなく、「❽わざわざ❾高いお金をかけて外で食事をする」のです。そんなわけで、外食は大体、日本では❿贅沢になります。

餐廳的過往今來（1）

在台灣，由於❶夫妻都上班，或是小孩上❷補習班之類的關係，❸家人❹各自❺用餐的情況很常見。但在日本，則通常是在家裡做菜，全家人一起用餐。

這是因為❻便宜地購買食材後在自己家烹調，比較❼不花錢。

所以，所謂的「在外面用餐」，並不是「因為沒時間做菜，所以在外面吃」，而是「❽特地❾花大錢在外面用餐」。因此，一般而言「外食」在日本是❿奢侈的。

重要單字

文章出現的		原形	意義	詞性
作って	→	作る	做（菜）	五段動詞
安く	→	安い	便宜的	い形容詞
した	→	する	做	サ行變格動詞
かからない	→	かかる	花（錢）	五段動詞
かけて	→	かける	花（錢）	下一段動詞

實用句型

…それぞれ｜各自

原文——台湾では共働きや塾などの関係で家族がそれぞれ食事を済ませることも多いですが…

（在台灣，由於夫妻都上班，或是小孩上補習班之類的關係，家人各自用餐的情況很常見，但…）

活用——ライオンと虎は、それぞれの生活区域で食物連鎖の頂点に君臨しています。

（獅子和老虎在各自的生活領域中，扮演掌控食物鏈最頂端的王者。）

22 食堂の今昔　從「提供飲食的飯館」到「提供美食的餐廳」(2)

しかし逆に、❶安価でも家族で一緒に食べる料理はとてもおいしく、それは「❷家庭の味」と呼ばれます。

日本の社会が❸やっと❹復興を見せる１９７０年代までは、❺庶民の食事は❻質素なものでした。その頃には「❼大衆食堂」が多かったです。

大衆食堂で❽出す料理は、❾やきそば、ラーメン、❿チャーハン、カレーライス、ハンバーグ、うどん、⓫おにぎりなど⓬ごた混ぜでした。

餐廳的過往今來（2）

不過，另一種不同的（外食）情況是，❶價格便宜、也會一家人去吃的料理非常美味，那稱為「❷家庭料理」。

日本社會一直到❸好不容易呈現❹復興的１９７０年代為止，❺一般大眾的飲食都十分❻儉樸。當時有很多的「❼大眾食堂」。

當時大眾食堂❽提供的餐點⓬多而雜，有❾炒麵、拉麵、❿炒飯、咖哩飯、漢堡排、烏龍麵、⓫飯糰等等。

重要單字

文章出現的		原形	意義	詞性
おいしく	→	おいしい	好吃的	い形容詞
呼ばれます	→	呼ぶ	稱爲	五段動詞
多かった	→	多い	很多的	い形容詞

實用句型

…出す｜推出、提供

原文──大衆食堂で出す料理は、やきそば、ラーメン、チャーハン、おにぎりなどごた混ぜでした。
（當時大眾食堂提供的餐點多而雜，有炒麵、拉麵、炒飯、飯糰等等。）

活用──あゆが新ＣＤを出しました。
（濱崎步發行了新專輯。）

22　食堂の今昔　從「提供飲食的飯館」到「提供美食的餐廳」(3)

❶要するに、❷和洋中など専業化したプロの料理ではなく、主婦が作るような家庭料理を❸そのまま出していたのです。

お客さんは大抵、❹自炊の❺できない学生や❻浪人生や会社員など、❼若い❽独身男性が多かったです。

日本が高度成長を❾遂げ経済が安定化すると、食文化も変わっていきます。❿同じように安価でも、専業化した和食・洋食・中華食を庶民が⓫求めるようになります。

餐廳的過往今來（3）

❶總之，這些食物並非❷日式、西式、中式等專業職人的料理，只是把家庭主婦會做的那種家庭料理❸照原樣呈現出來。

用餐的顧客大多是❺無法❹自己做飯的學生、❻重考生、公司職員等，以❼年輕的❽單身男性居多。

當日本❾達成高度成長，經濟日趨穩定之後，飲食文化也不斷改變。即使（大眾食堂）❿同樣地價格便宜，一般大眾也會傾向於⓫追求專業精緻的日本料理、西餐和中華料理。

重要單字

文章出現的		原形	意義	詞性
専業化した	→	専業化する	專業化	サ行変格動詞
出して	→	出す	推出	五段動詞
できない	→	できる	能夠	上一段動詞
遂げ	→	遂げる	實現	下一段動詞
変わって	→	変わる	改變	五段動詞

實用句型

…要するに｜總之

原文──要するに、和洋中など専業化したプロの料理ではなく…
（總之，這些食物並非日式、西式、中式等專業職人的料理…）

活用──要するに旅行会社はお土産屋から利益をもらって経営が成り立っています。
（總之，旅行社是依賴從紀念品專賣店獲利，而能持續經營。）

22 食堂の今昔 從「提供飲食的飯館」到「提供美食的餐廳」(4)

経済の安定❶とともに食材も❷豊富になり人々も贅沢になるからです。

同じ金額を出すなら、❸おばちゃんの作る家庭料理より専業❹調理師の作る特製料理を食べたいと思うようになるわけです。

しかし、家庭料理も「❺一膳飯屋」など、❻需要がいまだにあります。利用者は大体❼昼休みの会社員です。また、「海の家」などにも大衆食堂はそのまま残っています。

餐廳的過往今來（4）

這是因為❶隨著經濟的穩定，食材也❷更加豐富，人們也會變得奢侈。

因為如果是花同樣的錢，比起（大眾食堂的）❸中年女性（廚師）做的家庭料理，會比較想吃專業❹廚師烹調的特製料理。

不過，家庭料理就像「❺小飯館」之類的，現在也仍有❻需求。前去消費的，多半是❼午休時間的公司職員。此外，像「海之家」之類的大眾食堂，也維持原風貌存在著。

重要單字

文章出現的	原形	意義	詞性
なり	なる	變成…	五段動詞
食べたい	食べる	吃	下一段動詞
あります	ある	有（事物）	五段動詞
残って	残る	留下	五段動詞

實用句型

…とともに｜隨著…

原文——経済の安定とともに 食材も豊富になり人々も贅沢になるからです。
　　　（這是因為隨著經濟的穩定，食材也更加豐富，人們也會變得奢侈。）

活用——年とともに 体 が弱るのは誰であろうと同じです。
　　　（隨著年紀越大身體就越衰弱，這件事每個人都一樣。）

飲み屋の今昔

尿巷子的尿啤酒（1）

❶ぬるい❷ビールのことを「❸ションベン・ビール」と言います。ションベンとは小便のことです。

ぬるいビールは❹おいしくないものですが、❺時と場合によってはそれが❻風情だったりします。

日本には「ションベン❼横丁」と呼ばれる❽汚ない❾路地がたくさんあったそうです。どうしてションベン横丁かというと、近くに❿公衆便所が少なく、路地裏で⓫立小便をする人が多かったからです。

小酒館的過往今來（1）

❶微溫的❷啤酒稱為「❸尿啤酒」。「ションベン」是「小便」的意思。

微溫的啤酒雖然很❹難喝，但是❺因為時空環境的不同，那種尿啤酒也別具一番❻風味。

據說日本有許多被稱為「尿❼巷子」的❽骯髒❾巷弄。要說為什麼稱為「尿巷子」的話，是因為附近❿公共廁所很少，許多人就在巷弄偏僻的地方⓫隨地小便的緣故。

重要單字

文章出現的		原形	意義	詞性
言(い)います	→	言(い)う	說	五段動詞
おいしくない	→	おいしい	好吃的	い形容詞
あった	→	ある	有（事物）	五段動詞
少(すく)なく	→	少(すく)ない	少的	い形容詞

實用句型

…と呼(よ)ばれる｜被稱為…

原文──日本(にほん)には「ションベン横丁(よこちょう)」と呼(よ)ばれる汚(きた)ない路地(ろじ)がたくさんあったそうです。

（據說日本有許多被稱為「尿巷子」的骯髒巷弄。）

活用──江戸時代(えどじだい)の目明(めあか)しは刀(かたな)を持(も)たずに、刃(は)のない「十手(じって)」と呼(よ)ばれる武器(ぶき)を携帯(けいたい)していました。

（江戶時代的捕快不拿刀，而是攜帶沒有刀刃、被稱為「十手」的武器。）

23 飲み屋の今昔　尿巷子的尿啤酒（2）

そんなションベン横丁には❶裏ぶれた❷小料理屋があって、そこで出すビールはとても❸ぬるかったそうです。

それで「ションベン横丁のションベンビール」と❹呼ばれて❺親しまれたそうです。

どうしてビールがぬるいのかというと、貧民街なので❻冷蔵庫が❼古く、❽冷却力が弱かったからです。

小酒館的過往今來（2）

在那樣的尿巷子裡會有❶破舊的❷小餐館，據說餐館所賣的啤酒都很❸溫。

據說因此❹被稱為「尿巷子的尿啤酒」，❺讓人倍感親切。

要說為什麼啤酒是微溫的呢？這是因為小餐館位於貧民區，餐館的❻冰箱❼老舊，❽冷藏效果不良的緣故。

重要單字

文章出現的		原形	意義	詞性
裏（うら）ぶれた	→	裏（うら）ぶれる	破舊	下一段動詞
ぬるかった	→	ぬるい	微溫的	い形容詞
親（した）しまれた	→	親（した）しむ	親密	五段動詞
古（ふる）く	→	古（ふる）い	老舊的	い形容詞
弱（よわ）かった	→	弱（よわ）い	微弱的	い形容詞

實用句型

…それで｜因此、所以

原文──それで「ションベン横丁（よこちょう）のションベンビール」と呼ばれて親しまれたそうです。

（據說因此被稱為「尿巷子的尿啤酒」，讓人倍感親切。）

活用──それで仕方（しかた）がないので友達（ともだち）の家（いえ）に泊（と）まりました。

（因此由於走頭無路，而投宿朋友家。）

23 飲(の)み屋(や)の今昔(こんじゃく) 尿巷子的尿啤酒（3）

当然(とうぜん)そこに❶出入(でい)りする人(ひと)たちは社会(しゃかい)の❷精鋭(せいえい)などではありません。

❸忙(いそが)しく働(はたら)いて❹妻子(さいし)を養(やしな)っても、上司(じょうし)には❺怒鳴(どな)られ❻家内(かない)には❼愚痴(ぐち)られるような下層庶民(かそうしょみん)ばかりです。

そんな人(ひと)たちには、銀座(ぎんざ)❽あたりの高級(こうきゅう)❾バーにて豪華(ごうか)な酒肴(しゅこう)で❿グラスを傾(かたむ)けるより、ションベン横丁(よこちょう)の小料理屋(こりょうりや)で「⓫お袋(ふくろ)の味(あじ)」を⓬つまみながらションベンビールを飲(の)むほうが⓭気(き)が休(やす)まるのです。

小酒館的過往今來（3）

當然，❶進出那裡的人們並非社會的❷精英份子之類的。

都是一些即使❸忙著工作、❹養活妻小，面對上司的話❺會被破口大罵，面對❻老婆的話❼會被發牢騷這樣的下層平民。

對那樣的一群人而言，相較於在銀座❽附近的高級❾酒吧享用豪華酒菜、❿舉杯喝酒，倒不如在尿巷子的小餐館裡，⓬一邊品嘗「⓫媽媽的味道」，一邊喝尿啤酒還比較⓭輕鬆舒適。

重要單字

文章出現的		原形	意義	詞性
忙しく（いそが）	→	忙しい（いそが）	忙碌	い形容詞
働いて（はたら）	→	働く（はたら）	工作	五段動詞
養っても（やしな）	→	養う（やしな）	扶養	五段動詞
怒鳴られ（どな）	→	怒鳴る（どな）	斥責	五段動詞
愚痴られる（ぐち）	→	愚痴る（ぐち）	發牢騷	五段動詞

實用句型

…あたり｜…附近

原文──銀座あたりの高級バーにて豪華な酒肴でグラスを傾ける…
（ぎんざ　こうきゅう　ごうか　しゅこう　かたむ）
　　　（在銀座附近的高級酒吧享用豪華酒菜、舉杯喝酒…）

活用──六本木あたりには流行のファッションで町を歩く若者が多いです。
（ろっぽんぎ　　りゅうこう　　　　　まち　ある　わかもの　おお）
　　　（在六本木一帶有許多打扮時髦、漫步街頭的年輕人。）

23 飲み屋の今昔 尿巷子的尿啤酒（4）

❶裏町の小料理屋❷といっても、高級料亭とは❸違った❹気取らない❺味わいがあり、それはそれで美味なものです。

そうした店の❻雰囲気では、❼出されたビールがぬるいのもまた❽一興。高級料亭では❾あってはならぬことですが、ションベン横丁なら❿許されます。

⓫似たもの同士、共鳴できる波長があって安心するのです。そして、その辺で小便⓬とともに不満や⓭鬱憤を⓮垂れ流して帰宅するのです。

小酒館的過往今來（4）

❷雖說是❶後巷裡的小餐館，卻有著❸異於高級日本料理店的❹樸實自然❺風味，那正是那樣的小餐館讓人覺得美味的原因。

在那樣餐館的❻氣氛中，即使❼端出來的啤酒是微溫的，也別有❽一番樂趣。高級日本料理店❾不該有的事（提供不冰的啤酒），但尿巷子的話，❿是被容許的。

（店家和顧客是）⓫背景相似的人們，有能夠產生共鳴的波長，而感覺安心。於是就在那附近，把不滿和⓭憤怒⓬隨著小便⓮隨地便溺後再回家。

重要單字 ●

文章出現的		原形	意義	詞性
気取らない（きど）	→	気取る（きど）	裝腔作勢	五段動詞
出された（だ）	→	出す（だ）	推出	五段動詞
許されます（ゆる）	→	許す（ゆる）	允許	五段動詞
似た（に）	→	似る（に）	相似	上一段動詞
垂れ流して（た なが）	→	垂れ流す（た なが）	隨地便溺	五段動詞

實用句型 ●

…また｜另外、也…

原文──出されたビールがぬるいのもまた一興。
　　（即使端出來的啤酒是微溫的，也別有一番樂趣。）

活用──お風呂上りにコーヒー牛乳を飲むのもまた、銭湯の楽しみです。
　　（泡澡完喝一罐咖啡牛奶，也是去澡堂的另一種樂趣。）

23 飲み屋の今昔　尿巷子的尿啤酒（5）

時代が過ぎると、街の美化計画などによってションベン横丁たちは❶どんどん❷規格化され、なくなってきています。

東京の、あるションベン横丁は「❸思い出横丁」と名前を変えて❹きれいになったそうです。

今では、❺チェーン店化された居酒屋が増えています。これは全国で❻値段も味も❼統一化され、安くておいしいのでかなり流行っています。

小酒館的過往今來（5）

隨著時間流逝，由於因應街道美化計畫等，許多尿巷子❶陸續❷經過重整規劃，至今一直在消失。

據說東京的某一條尿巷子改名為「❸回憶小巷」，而且變得非常❹乾淨。

如今，❺連鎖店化的居酒屋越來越多。這一類居酒屋在全國各地的❻價格和味道都❼都被一致化規範，由於便宜又好吃，所以相當盛行。

重要單字

文章出現的		原形	意義	詞性
規格化（きかくか）され	→	規格化（きかくか）する	規格化	サ行変格動詞
変（か）えて	→	変（か）える	改變	下一段動詞
増（ふ）えて	→	増（ふ）える	增加	下一段動詞
統一化（とういつか）され	→	統一化（とういつか）する	統一化	サ行変格動詞
流行（はや）って	→	流行（はや）る	流行	五段動詞

實用句型

…かなり｜相當

原文──安（やす）くておいしいのでかなり流行（はや）っています。
　　　（由於便宜又好吃，所以相當盛行。）

活用──私（わたし）たちは二足歩行（にそくほこう）により、かなりの負担（ふたん）を腰（こし）にかけています。
　　　（因為我們用雙腳走路，所以對腰部造成相當大的負擔。）

風俗の今昔

日本人在這方面也格外認眞（1）

人間である以上、❶寝食以外の需要もあります。それが必要な人たちによって、風俗営業はどこの国にも存在します。

日本は戦前、売春を国が❷認めていました。そして売春する場所を「赤線」と❸呼んでいました。

終戦後はそれが禁止され、❹表面上からは消失しました。しかし、風俗営業は夜の社会では大きな商機です。なので法律上は禁止されていても実際上は必ず存在します。

風俗行業的過往今來（1）

既然身為人，除了❶吃和睡，一定還有其他需求。因應需要那些需求的人們，任何國家都存在風俗行業。

日本在戰前，國家❷允許賣淫，而賣淫的場所❸稱為「赤線」。

戰後，賣淫受到禁止。❹從表面上看來，這個行業消失了。不過，風俗行業在夜生活世界裡是一大商機，所以即使法律上受到禁止，實際上必定存在。

重要單字

文章出現的		原形	意義	詞性
あります	→	ある	有（事物）	五段動詞
そんざい 存在します	→	そんざい 存在する	存在	サ行変格動詞
みと 認めて	→	みと 認める	允許	下一段動詞
きんし 禁止され	→	きんし 禁止する	禁止	サ行変格動詞
しょうしつ 消失しました	→	しょうしつ 消失する	消失	サ行変格動詞

實用句型

… 表面上から｜從表面上看來

原文—— 終戦後はそれが禁止され、表面上からは消失しました。
　　　（戰後，賣淫受到禁止。從表面上看來，這個行業消失了。）

活用—— 表面上からは、隠れた病気は見つかりません。
　　　（從表面觀察的話，找不到潛藏的疾病。）

24 風俗の今昔 日本人在這方面也格外認真（２）

１９８０年代❶初頭まで、そうした場所を「トルコ」と呼んでいました。

元々は「トルコ風呂」の❷略で、これは「トルコ式蒸し風呂」のことでした。一種の❸サウナ風呂で、❹表向きはこれにお客さんの体を洗う女性が❺サービスで❻付くというものでした。

そして❼段々と「トルコ」という名称が「❽売春屋」の代名詞になっていきました。

風俗行業的過往今來（2）

直到１９８０年代❶初期，都把那樣的場所稱為「土耳其」。

原本是「土耳其浴」的❷簡稱，指「土耳其式蒸汽浴」。是一種❸三溫暖式的浴池，❹公然以❺免費招待的方式，（在三溫暖浴池）❻額外附帶替客人洗澡的女性。

後來，「土耳其」這個名稱❼逐漸變成「❽賣春店」的代名詞。

重要單字

文章出現的		原形	意義	詞性
呼(よ)んで	→	呼(よ)ぶ	稱為	五段動詞
洗(あら)う	→	洗(あら)う	清洗	五段動詞
付(つ)く	→	付(つ)く	附帶	五段動詞
なって	→	なる	變成…	五段動詞

實用句型

…段々(だんだん)と｜漸漸

原文──そして段々(だんだん)と「トルコ」という名称(めいしょう)が「売春屋(ばいしゅんや)」の代名詞(だいめいし)になっていきました。
（後來「土耳其」這個名稱逐漸變成「賣春店」的代名詞。）

活用──繰(く)り返(かえ)し練習(れんしゅう)するうちに、段々(だんだん)とコツがつかめてきます。
（在反覆練習中，就能逐漸掌握技巧。）

24 風俗の今昔 日本人在這方面也格外認真（3）

そこで、トルコ大使館から「❶国辱的な名前なので使用を禁止して❷欲しい」と正式に抗議があり、以後は「❸ソープランド」と名前が変わりました。今はそこの❹従業員を「ソープ嬢」と呼びます。

ソープランドだけではなく、日本には❺様々な風俗店が❻夜の街を賑わせています。

夜の❼歓楽街を観光❽スポットに、❾団体で訪れる外国客もいます。そのおかげで、「日本は夜の社会も❿先進国だ」と世界でも評判です。

風俗行業的過往今來（3）

因此，土耳其大使館以「因為這是一個❶辱國的名稱，❷希望禁用」正式提出抗議，後來便改名為「❸泡泡浴」。現在，稱呼那裡的❹工作人員為「泡泡浴女郎」。

不只是「泡泡浴」，在日本的❺各式各樣的風俗店家，❻使夜晚的街頭更加熱鬧。

有些外國觀光客甚至將夜晚的❼花花世界當成觀光❽景點❾以集體的方式造訪。拜此事之賜，「日本連夜生活也躋身❿先進國家」在全球備受好評。

重要單字

文章出現的		原形	意義	詞性
変わりました	→	変わる	改變	五段動詞
賑わせて	→	賑わす	使…熱鬧	五段動詞
います	→	いる	有（人）	上一段動詞

實用句型

…て欲しい｜希望…

原文──国辱的な名前なので使用を禁止して欲しい…

（因為這是一個辱國的名稱，希望禁用…）

活用──公共道徳の問題は、みんなに考えて欲しいです。

（希望大家能思考一下有關公共道德的問題。）

食事の今昔

以前的日本人算是體格高大的？（1）

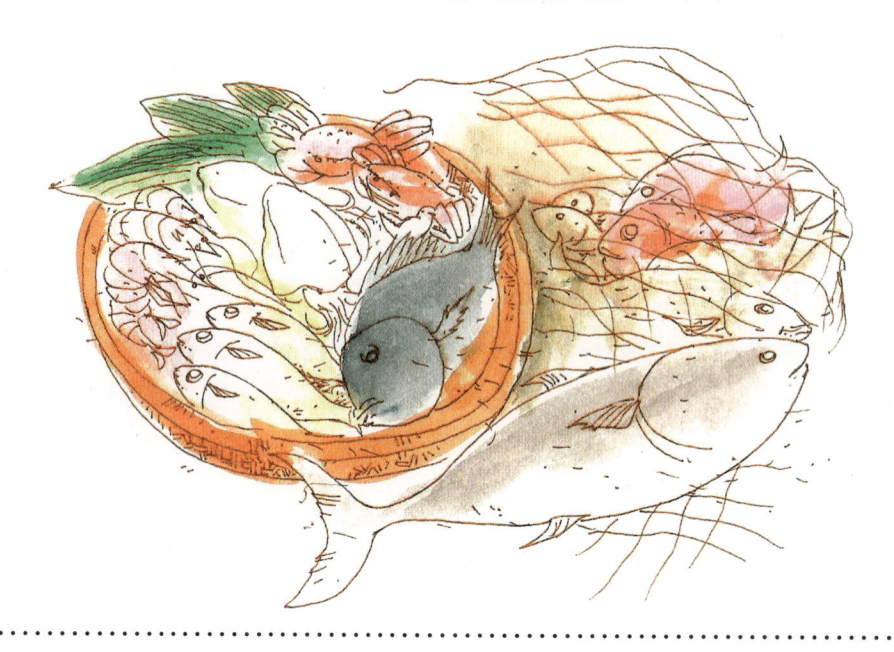

人は毎日❶働いていますが、一日として食事をしない日はありません。

「❷腹が減ってはいくさができぬ」と言うとおり、❸おなかが空いたら❹仕事どころではありません。食の❺需要は毎日あります。

日本の場合は❻四方が海で囲まれているので、まず海で捕れたものを❼口にするのが当然でした。その後（3世紀ごろ）中国から❽稲作が❾伝わり、❿山菜や海産物を⓫おかずに、五穀が主食となりました。

飲食的過往今來（1）

人類每天❶勞動，沒有一天不吃飯。

如同「❷肚子餓了無法上戰場」這句話所說，❸肚子餓的話❹根本別談工作，每天都有飲食的❺需求。

因為日本的情況是❻四面環海，所以先將海裡捕獲到的東西❼吃進嘴裡是理所當然的。後來（西元 3 世紀左右），由中國❾傳入❽稻作，日本人便將❿野菜和海鮮作成⓫配菜，五穀就成為了主食。

重要單字

文章出現的		原形	意義	詞性
はたら 働いて	→	はたら 働く	勞動	五段動詞
す 空いたら	→	す 空く	（肚子）餓	五段動詞
かこ 囲まれて	→	かこ 囲む	包圍	五段動詞
と 捕れた	→	と 捕れる	捕獲到	下一段動詞
つた 伝わり	→	つた 伝わる	傳入	五段動詞

實用句型

…とおり｜如同…

原文──「腹が減ってはいくさができぬ」と言うとおり…

（如同「肚子餓了無法上戰場」這句話所說…）

活用──天気予報が言ったとおり、午後から一時雷雨がありました。

（如同天氣預報所說，午後開始，下起了短暫雷雨。）

25 食事の今昔 以前的日本人算是體格高大的？（２）

中国から多くの文化が❶伝わった日本ですが、食文化は中国とは❷大きく違い❸独自の発展を❹遂げました。

日本料理は、❺生のままや❻煮たり❼焼いたりなどの単純な料理法と、素材の❽元味を❾活かす❿最低限の調味料でできています。

作り方が簡単な⓫だけに⓬繊細さが要求されます。素材は季節などの情況⓭によっても変わるからです。そして⓮できるだけ「⓯旬」の食材を使います。⓰いわば、食べ物でも季節感を⓱感じるのが日本式です。

飲食的過往今來（2）

日本雖然接受了許多由中國❶傳入的文化，但在飲食文化方面，卻❹完成了與中國❷大不相同的❸獨自發展。

日本料理都是❺生的狀態、❻燉煮、❼燒烤等單純的料理方法，以及使用❾提引出食材❽原味的❿最低限度調味料所完成。

⓫正因為作法簡單，所以要求⓬精緻度。食材也會⓭根據季節等情況做改變，而且⓮盡可能使用「⓯當季的」食材。⓰可以說「從食物也能⓱體會季節感」就是典型的日式料理。

重要單字 ●

文章出現的		原形	意義	詞性
と 遂げました	→	と 遂げる	完成	下一段動詞
に 煮たり	→	に 煮る	煮	上一段動詞
や 焼いたり	→	や 焼く	烤	五段動詞
ようきゅう 要求されます	→	ようきゅう 要求する	要求	サ行変格動詞
つか 使います		つか 使う	使用	五段動詞

實用句型 ●

…だけに｜正因為

原文── 作り方が簡単なだけに繊細さが要求されます。

（正因為作法簡單，所以要求精緻度。）

活用── 期待していただけに、がっかりしてしまいました。

（正因為有所期待，所以才會大失所望。）

25 食事の今昔　以前的日本人算是體格高大的？（3）

伝統的な日本料理は、こうして❶ミネラルを❷たっぷり含んだ海苔とか海藻類を豊富に食べます。

肉は本来ほとんど❸食べず、魚が主でした。肉の脂は❹コレステロール値を❺上げますが、魚の❻油はコレステロール値を❼下げます。

なので昔の日本人は❽ヨーロッパ人に「❾若々しく肌の❿艶が非常にいい」と⓫評されました。また、当時は諸外国よりも栄養事情がよかったのか、体格も世界的に見れば大きいほうだったようです。

飲食的過往今來（3）

傳統的日本料理就像這樣，會大量吃到❷富含❶礦物質的海苔、以及海藻類。

肉類的話，原本幾乎❸不吃，是以魚類為主。肉類的脂肪會❺提高❹膽固醇值，但魚類的❻油脂會❼降低膽固醇值。

因此，以前的日本人曾被❽歐洲人⓫給予評價為「❾看起來很年輕，肌膚很有❿光澤」。而且，或許是當時日本人的營養狀況優於許多國家，全球性地來看的話，體格也似乎算是高大的。

重要單字

文章出現的		原形	意義	詞性
含んだ（ふく）	→	含む（ふく）	包含	五段動詞
食べず（た）	→	食べる（た）	吃	下一段動詞
若々しく（わかわか）	→	若々しい（わかわか）	看起來年輕的	い形容詞
評されました（ひょう）	→	評する（ひょう）	評價	サ行變格動詞
見れば（み）	→	見る（み）	看	上一段動詞

實用句型

…と評されました｜被評價為…

原文——昔の日本人はヨーロッパ人に「若々しく肌の艶が非常にいい」と評されました。
（以前的日本人曾被歐洲人給予評價為「看起來很年輕，肌膚很有光澤」。）

活用——マイケル・ジャクソンは「キングオブポップス」と評されました。
（麥可傑克森被譽為「流行音樂天王」。）

25 食事の今昔　以前的日本人算是體格高大的？（4）

当時は全世界的に平均①身長は１５０cmちょっとくらいで、日本人は②すでに１５６cmくらいあったそうです。

日本は開国から明治維新に③かけて、大きく食生活が変わって④欧米化しました。

しかし、日本に⑤根付いた欧風料理は「洋食」と言って日本料理の⑥範疇です。「洋食」というのは「西洋料理」の意味ではなく「⑦洋風日本食」という意味です。

飲食的過往今來（4）

據說當時全球的平均❶身高大約是１５０公分，日本人則❷已經有１５６公分左右。

日本從開國（結束鎖國政策）❸直到明治維新這段期間，飲食習慣大幅改變，明顯❹西化。

但是，在日本❺根深蒂固的「歐風料理」稱為「洋食」，是屬於日本料理的❻範疇。所謂的「洋食」並非「西洋料理」的意思，而是「❼西式日本料理」。

重要單字

文章出現的		原形	意義	詞性
変わって	→	変わる	改變	五段動詞
欧米化しました	→	欧米化する	歐美化	サ行変格動詞
根付いた	→	根付く	扎根	五段動詞
言って	→	言う	說	五段動詞

實用句型

…から…にかけて｜從…到…

原文──日本は開国から明治維新にかけて…
　　　　（日本從開國直到明治維新這段期間…）

活用──明治から大正にかけて、日本は急速に欧米化しました。
　　　　（日本從明治到大正的這段期間，急速西化。）

25 食事の今昔 以前的日本人算是體格高大的？（5）

❶例えば、有名な「❷ハンバーグ」は作り方が違います。日本のハンバーグは❸パンがたくさん入っています。これは元々肉が高かったので量を❹増やすためです。

文字通り「❺苦肉の策」だったのですが、「このほうが❻食感がいい」という意外な効果を❼生み出し、現在でも日本式のハンバーグにはパンを❽必ず入れます。

❾同じように中華食も日本化しました。

飲食的過往今來（5）

❶例如有名的「❷漢堡排」作法就不同。日本的漢堡排會加入許多❸麵包，這是因為原本肉類昂貴，為了❹增加份量。

雖然就如字面的意義，「❺是『苦』惱於『肉』類昂貴所想出的『策』略」，但卻❼產生「這樣子的話❻口感好」的意外效果，所以現在的日式漢堡排也❽一定會加入麵包。

❾同樣地，中華料理也日本化。

重要單字

文章出現的		原形	意義	詞性
違います	→	違う	不同	五段動詞
入って	→	入る	放入	五段動詞
生み出し	→	生み出す	產生	五段動詞
入れます	→	入れる	加入	下一段動詞
日本化しました	→	日本化する	日本化	サ行変格動詞

實用句型

…例えば｜例如、譬如

原文──例えば、有名な「ハンバーグ」は作り方が違います。
（例如有名的「漢堡排」作法就不同。）

活用──例えば、ビールが飲み始められました。
（例如，啤酒開始被拿來飲用。）

25 食事の今昔(しょくじこんじゃく) 以前的日本人算是體格高大的？(6)

また、今は本場(ほんば)にもある「❶回転(かいてん)テーブル」は日本人(にほんじん)の発明(はつめい)です。

また日本人(にほんじん)は骨(ほね)を口(くち)から出(だ)すことを非常(ひじょう)に❷嫌(きら)うので、骨(ほね)は❸すべて❹取(と)り除(のぞ)いて❺調理(ちょうり)します。

なので骨(ほね)で❻テーブルを❼汚(よご)すことも日本(にほん)の中華料理屋(ちゅうかりょうりや)では❽許(ゆる)されません。

飲食的過往今來（6）

此外，目前在日本也有的「❶中式轉盤餐桌」是日本人的發明。

而且，因為日本人❷很討厭吐骨頭這件事，所以骨頭一定會❸全部❹去除之後再❺烹調。

因此，骨頭❼弄髒❻桌面的事，在日本的中華料理店也❽絕對不允許發生。

重要單字

文章出現的		原形	意義	詞性
取（と）り除（のぞ）いて	→	取（と）り除（のぞ）く	去除	五段動詞
調理（ちょうり）します	→	調理（ちょうり）する	烹調	サ行変格動詞
許（ゆる）されません	→	許（ゆる）す	允許	五段動詞

實用句型

…許（ゆる）されません｜不可以、不允許

原文——骨（ほね）でテーブルを汚（よご）すことも日本（にほん）の中華料理屋（ちゅうかりょうりや）では許（ゆる）されません。
　　　　（骨頭弄髒桌面的事，在日本的中華料理店也絕對不允許發生。）

活用——外国人（がいこくじん）であってもその国（くに）の法律（ほうりつ）を破（やぶ）ることは許（ゆる）されません。
　　　　（即使是外國人，也不允許觸犯該國的法律。）

健康の今昔

以前的日本人不健康且短命？（1）

「お変わりありませんねえ。」これは❶久しぶりに会った友人を❷褒める時によく言う言葉です。「いつまでも変わらず、❸若く健康でいたい」と誰もが願っています。

平安時代には、貴族は十二単を❹身にまとい、豪華な料理を並べて食べていたという❺イメージがあります。

空気汚染や農薬汚染などもなかった当時は、みな❻のんびりと健康的に生活していたと❼思われがちです。

健康的過往今來（1）

「你一點都沒變耶。」這是❷讚美❶久違見面的朋友時常說的話。任何人都希望「永保現狀，常保❸年輕健康」。

對於日本的平安時代，一向給人貴族❹身穿十二單，吃著排滿整桌的豪華料理的❺印象。

在那個沒有空氣汙染、農藥污染等的時代，❼很容易就被認為大家都過著❻悠閒健康的生活。

重要單字

文章出現的	原形	意義	詞性
会（あ）った	会（あ）う	碰面	五段動詞
変（か）わらず	変（か）わる	改變	五段動詞
若（わか）く	若（わか）い	年輕的	い形容詞
まとい	まとう	穿著	五段動詞
並（なら）べて	並（なら）べる	排列	下一段動詞

實用句型

…がち｜容易、經常

原文──みなのんびりと健康（けんこう）的（てき）に生活（せいかつ）していたと思（おも）われがちです。
　　　（很容易就被認為大家都過著悠閒健康的生活。）

活用──接待（せったい）の仕事（しごと）が続（つづ）くと栄養（えいよう）過（か）多（た）になりがちです。
　　　（持續負責設宴款待的工作的話，容易營養過剩。）

26　健康の今昔　以前的日本人不健康且短命？（2）

しかし実際には、運送技術の❶未発達だった当時には食べ物はほとんど❷干物だったそうです。

❸よほど海の近くにでも❹住んでいない限り、新鮮な魚介類を食べることなど稀だったのでしょう。

また、当時貴族は❺玄米ではなく脱穀した白米を食べていたので、❻ビタミン不足からほぼ全員が❼脚気になっていたそうです。

健康的過往今來（2）

然而事實上，在運輸技術❶尚未發達的當時，據說吃的食物幾乎都是❷曬乾的魚貝類。

❹只要不是住在❸相當靠近海的地方，要吃到新鮮的魚貝類等，是很稀少的吧。

而且，據說因為當時的貴族都吃脫穀後的白米，而非❺糙米，所以由於❻維他命不足，幾乎所有的人都❼罹患腳氣病。

重要單字

文章出現的		原形	意義	詞性
住(す)んで	→	住(す)む	住	五段動詞
脱穀(だっこく)した	→	脱穀(だっこく)する	脫穀	サ行変格動詞
食(た)べて	→	食(た)べる	吃	下一段動詞
なって	→	なる	變成…	五段動詞

實用句型

…よほど｜相當

原文──よほど海(うみ)の近(ちか)くにでも住(す)んでいない限(かぎ)り…
　　　（只要不是住在相當靠近海的地方…）

活用──よほど早起(はやお)きしないと、日(ひ)の出(で)は見(み)られません。
　　　（如果不夠早起，就看不到日出。）

26 健康の今昔 以前的日本人不健康且短命？（3）

めまい

食欲がない

大河❶ドラマ「篤姫」などに❷出てくる幕末の❸登場人物も、病死した人の多くは脚気だったそうです。

このビタミン不足❹による脚気は、なんと終戦後になるまで❺延々と日本人を❻苦しめたということです。

栄養豊富な現代人は白米を食べても❼栄養不足にはなりませんが、食べ物の❽乏しかった当時には致命的だったようです。

健康的過往今來（3）

在大河❶連續劇──『篤姬』等❷出現的幕府末期的❸角色也是，據說病死的人有很多都是因為腳氣病。

這個❹導因於維他命不足的腳氣病，據說竟然直到二次世界大戰結束，仍❺持續地❻折磨日本人。

營養充足的現代人的話，即使吃白米，也不會變成❼營養不良，但在食物❽貧乏的當時，似乎是致命的因素。

重要單字

文章出現的	原形	意義	詞性
出て（で）	出る（で）	出現	下一段動詞
病死した（びょうし）	病死する（びょうし）	病死	サ行変格動詞
苦しめた（くる）	苦しめる（くる）	使…痛苦	下一段動詞
乏しかった（とぼ）	乏しい（とぼ）	缺乏	い形容詞

實用句型

…を苦しめた｜使…痛苦

原文──なんと終戦後になるまで延々と日本人を苦しめたということです。
　　　　（據說竟然直到二次世界大戰結束，仍持續地折磨日本人。）
活用──ただ知識を暗記するだけの教育はいまだに生徒を苦しめています。
　　　　（只是背誦知識的教育方式，仍然讓學生痛苦不堪。）

26 健康の今昔　以前的日本人不健康且短命？（4）

日本人の平均寿命がやっと４０歳を❶越えたのは意外にも❷今から１００年程度前の話でした。

それ以前は出生率が低くて死亡率が高く、❸成人まで生きる人が半数以下だったそうです。

なので５０代まで生きれば❹まずまず、６０代は❺長生き、７０は❻まさに古希（＝古来稀なり）でした。日本人が❼七五三を❽祝う風習があるのも、それだけ抵抗力の低い子供は❾夭折しやすかったからです。

健康的過往今來（4）

日本人的平均壽命好不容易❶超過 40 歲，很意外的，居然是❷距今 100 年前左右的事。

據說在那之前出生率低、死亡率高，不到一半的人能夠❸平安長大成人。

因此，如果能活到 50 多歲❹算是過得去，活到 60 多歲是❺長壽，活到 70 歲❻真的是古來稀（＝人生 70 古來稀）。日本人有❽慶祝❼七五三節的習俗，也是因為抵抗力差的小孩相對❾容易夭折的緣故。

重要單字 ●

文章出現的		原形	意義	詞性
越えた	→	越える	超過	下一段動詞
低くて	→	低い	低的	い形容詞
高く	→	高い	高的	い形容詞
生きれば	→	生きる	存活	上一段動詞
夭折し	→	夭折する	夭折	サ行変格動詞

實用句型 ●

…ば｜…的話、若是

原文──５０代まで生きれば まずまず…
　　　（如果能活到 50 多歲算是過得去…）
活用──たくさん食べれば 太ります。
　　　（吃太多的話，就會變胖。）

26 健康の今昔　以前的日本人不健康且短命？（5）

現在の「日本＝長寿国」の❶イメージは、年号で言えば明治・大正・昭和を❷経て❸築き上げ、平成❹にいたって❺定着したものです。

戦後、栄養事情や医療制度などが急速に❻充実し、平均寿命が❼延びました。今では男性は約８０歳、女性約８６歳です。

しかし、体格や寿命の向上❽に伴い、栄養は過剰❾気味です。

健康的過往今來（5）

現在的「日本＝長壽國」的❶形象，如果以年號來說，應該是❷歷經明治、大正、昭和等時期❸建立形成，❹直到平成時期才❺固定下來的。

二次大戰後，因為急速❻完備營養狀況及醫療制度等，所以平均壽命❼延長。現在日本男性平均壽命約為 80 歲，女性約為 86 歲。

不過，❽隨著體格及壽命的提升，營養則有過剩的❾傾向。

重要單字

文章出現的		原形	意義	詞性
言（い）えば	→	言（い）う	說	五段動詞
経（へ）て	→	経（へ）る	經過	下一段動詞
築（きず）き上（あ）げ	→	築（きず）き上（あ）げる	形成	下一段動詞
いたって	→	いたる	到達（時間）	五段動詞
延（の）びました	→	延（の）びる	延長	上一段動詞

實用句型

…気味（ぎみ）｜有…傾向

原文──体格（たいかく）や寿命（じゅみょう）の向上（こうじょう）に伴（ともな）い、栄養（えいよう）は過剰気味（かじょうぎみ）です。
（隨著體格及壽命的提升，營養則有過剩的傾向。）

活用──疲（つか）れてちょっと風邪気味（かぜぎみ）です。
（覺得很累，好像感冒了。）

老後(ろうご)の今昔(こんじゃく)

能變老是幸或不幸？（1）

ピンピンコロリが最高

・・・

「ピンピンコロリ」（ＰＰＫ）が老人(ろうじん)の理想(りそう)と言(い)われています。

「❶ピンピン（元気(げんき)に）働(はたら)き」、「❷コロリと（急(きゅう)に）死(し)ぬ」という意味(いみ)です。誰(だれ)だって、❸不自由(ふじゆう)な思(おも)いをしてまで❹老後(ろうご)を送(おく)りたいとは思(おも)いません。

❺つい最近(さいきん)まで日本人(にほんじん)は平均寿命(へいきんじゅみょう)も短(みじか)かったので、❻ことさらに老後(ろうご)を考(かんが)える❼風潮(ふうちょう)もありませんでした。何(なに)せ老後(ろうご)を迎(むか)えられる幸運(こううん)に❽恵(めぐ)まれた人(ひと)など、❾ほんの一握(ひとにぎ)りだったからです。

養老的過往今來（1）

「ピンピンコロリ」（ＰＰＫ）被稱為老人的理想。

意思是「❶精神奕奕地活動」「❷毫無病痛地突然死去」。任何人都不想要在❸無法隨心所欲的地步下度過❹養老生活。

因為❺直到不久之前，日本人的平均壽命也都不長，所以也沒有❻特意思考養老生活的❼風氣。因為無論如何，能夠幸運❽受惠而迎接養老生活的人，只是❾極少數。

重要單字 ●

文章出現的		原形	意義	詞性
言われて	→	言う	說	五段動詞
働き	→	働く	活動	五段動詞
送りたい	→	送る	度日	五段動詞
思いません	→	思う	想	五段動詞
恵まれた	→	恵まれる	受惠	下一段動詞

實用句型 ●

…ことさらに｜特意、刻意

原文──ことさらに老後を考える風潮もありませんでした。
　　　　（也沒有特意思考養老生活的風氣。）
活用──ことさらに摂取しなくても、油はたくさん摂っています。
　　　　（即使沒有特別攝取，還是會攝取很多油脂。）

27 老後の今昔　能變老是幸或不幸？（2）

「６５歳から年金が❶もらえる」などといっても５０歳くらいで死んでしまう人が多く、実際にはもらえないことも多かったそうです。

今では、医療技術の発達で人は❷なかなか死ななくなりました。❸かといって、いくら医学が発達しても老化そのものは❹止められません。

以前は❺年をとるまで❻生きられる人が少なかったので❼珍重されましたが、最近では多くの人が老後まで生きるので、❽長寿者も❾珍しくなくなりました。

養老的過往今來（２）

雖然說「６５歲起❶可以領取年金」之類的，不過據說許多人在５０歲左右就死亡，實際上領不到年金的情況也很多。

如今因為醫療技術發達，人們❷不會輕易死亡。❸但是，就算醫學如何發達，也❹無法遏止老化這件事。

以前，因為❻可以活到❺高齡的人非常少，所以高齡者❼倍受重視。但最近因為很多人都能安享晚年，因此❽人瑞也❾變得不稀奇。

重要單字●

文章出現的	原形	意義	詞性
死んで	死ぬ	死亡	五段動詞
もらえない	もらう	領取	五段動詞
発達しても	発達する	發達	サ行変格動詞
止められません	止める	遏止	下一段動詞
珍重されました	珍重する	珍視	サ行変格動詞

實用句型●

…いくら…ても｜就算…也

原文——いくら医学が発達しても老化そのものは止められません。
（就算醫學如何發達，也無法遏止老化這件事。）

活用——いくら世の中を変えたくても、一人の力ではどうしようもありません。
（就算想要改變社會，光憑一個人的力量也莫可奈何。）

27 老後の今昔 能變老是幸或不幸？（3）

❶反対に出生率が❷下がってきているので、老人が多く若者が少ないという❸逆三角形型の社会に❹なりつつあります。

❺こうなると❻介護される人数が多くて❼する人数が少なくなり、一種の社会問題となっています。７０の老人が９０の老人を❽介護するような事態も❾起こっています。

❿施設に入るにも⓫お金がかかります。以前のように「⓬年をとるまで生きられて幸せ」などと笑っている場合ではなくなってきました。

養老的過往今來（3）

❶相反的，因為出生率❷正逐步下降，所以❹逐漸形成老人多、年輕人少的❸倒金字塔型社會。

❺如此一來，❻需要被照顧的人數變多，❼從事（照顧）的人數變少，形成一種社會問題。甚至❾發生７０歲的老人❽照顧９０歲老人之類的情形。

連進入❿養老院也要⓫花一筆錢，已經不像以前那樣，是笑著說「⓬長命百歲是幸福」之類的情況了。

重要單字

文章出現的		原形	意義	詞性
下(さ)がって	→	下(さ)がる	下降	五段動詞
なりつつ	→	なる	變成…	五段動詞
介護(かいご)される	→	介護(かいご)する	照顧	サ行変格動詞
起(お)こって	→	起(お)こる	發生	五段動詞
かかります	→	かかる	花費（錢）	五段動詞

實用句型

…反対(はんたい)に｜相反的

原文──反対(はんたい)に出生率(しゅっしょうりつ)が下(さ)がってきているので…
　　　（相反的，因為出生率正逐步下降…）

活用──科学(かがく)は発達(はったつ)しましたが、反対(はんたい)に体力(たいりょく)はどんどん弱(よわ)くなっています。
　　　（科學更加發達，但相反的，人類的體力卻逐漸衰弱。）

日本文化の今昔

日本不只是日本人的而已（1）

日本人は❶古いものが好きで、新しいものが❷出ても古いものは❸残す傾向があります。

なので鎌倉時代の能も江戸時代の歌舞伎も❹そのまま❺残っています。

❻銭湯でも食堂でも、新しい方式のものが❼どんどん出る一方で、❽古いものを懐かしむ❾気持ちも強いのが日本人です。なので、こうした古い❿味わいのものも数は⓫減っても残っていることが多いです。どうして日本人は古いものを残すのでしょうか？

日本文化的過往今來（1）

日本人喜歡❶老舊的事物，❷即使出現新事物，仍有❸保留舊東西的傾向。

因此，鎌倉時代的「能劇」和江戶時代的「歌舞伎」，都❹維持原樣❺保存著。

不論是❻大眾澡堂或餐廳，在新型態的東西會❼不斷出現的另一方面，日本人仍有強烈的❽懷舊❾情緒。因此，這種傳統❿風味的東西即使也是數量⓫減少，但保留著的很多。為什麼日本人要保留古老的事物呢？

重要單字●

文章出現的	原形	意義	詞性
出ても	出る	出現	下一段動詞
あります	ある	有（事物）	五段動詞
残って	残る	留存	五段動詞
減っても	減る	減少	五段動詞

實用句型●

…そのまま｜原封不動、維持原樣

原文——鎌倉時代の能も江戸時代の歌舞伎もそのまま残っています。
　　　（鎌倉時代的「能劇」和江戶時代的「歌舞伎」，都維持原樣保存著。）
活用——日本料理はできるだけ食材をそのまま食べます。
　　　（日式料理的話，是盡可能食用食材的原本型態。）

28 日本文化の今昔　日本不只是日本人的而已（2）

それは、日本人が❶多分に情緒主義だからです。

その情緒主義が、時には❷努力さえすれば❸効率が悪くても反省しない非合理的運動訓練を❹生み出します。

しかし一方では、❺効率のみに捉われない精神文化を❻尊重することにもなるのです。古くて効率が悪くなったものであっても、それが❼独自の精神性を❽有するものであれば、そこに価値を❾見出すのが日本人です。

日本文化的過往今來（2）

那是因為日本人❶大多是「情緒主義」。

那種情緒主義有時候會❹衍生❷只要努力的話，❸即使效率不佳也不反省的非理性行為訓練。

不過另一方面，也會形成❻尊重「❺不光是拘泥效率」的精神文化。即使是老舊、效率變差的事物，如果那是❽擁有❼獨特精神性的東西，日本人就會從中❾找出價值。

重要單字 ●

文章出現的		原形	意義	詞性
悪く	→	悪い	不好的	い形容詞
反省しない	→	反省する	反省	サ行変格動詞
生み出します	→	生み出す	產生	五段動詞
捉われない	→	捉われる	受拘束	下一段動詞
古くて	→	古い	老舊的	い形容詞

實用句型 ●

…一方では｜另一方面

原文──しかし一方では、効率のみに捉われない精神文化を尊重することにもなるのです。

（不過另一方面，也會形成尊重「不光是拘泥效率」的精神文化。）

活用──科学が発達する一方では、労働時間もそれにつれて増えています。

（科學進步發展的另一方面，工作時間也隨之增長。）

28 日本文化の今昔 　日本不只是日本人的而已（3）

例えばお風呂にしても、❶ただ「体が❷きれいになればいい」とは考えずに、その過程そのものを❸楽しんだりします。

なので家に❹お風呂があるのに❺わざわざ風呂屋に行って「❻いつもと違う環境で❼体をきれいにする楽しみ」の❽ために時間とお金を❾かけるのです。

もし「お風呂とは体をきれいにするもの」と❿しか考えずに、入浴をただの⓫手段とするような民族なら、お風呂屋が⓬スーパー銭湯に変わって⓭生き残ったりしません。

日本文化的過往今來（3）

例如，即使「洗澡」，日本人不會❶只想著「身體❷洗乾淨的話就好」，而是❸享受那個過程本身。

所以明明家裡有❹浴室，卻❺特地前往澡堂，❽為了「在不同於❻往常的環境中❼清潔身體的樂趣」而❾花費時間和金錢。

如果是❿只認為「所謂的洗澡就是清潔身體」，只把洗澡視為⓫方法的民族，澡堂就不會變成⓬超級澡堂而⓭殘存下來。

重要單字

文章出現的		原形	意義	詞性
考（かんが）えずに	→	考（かんが）える	想	下一段動詞
楽（たの）しんだり	→	楽（たの）しむ	享受	五段動詞
行（い）って	→	行（い）く	去	五段動詞
変（か）わって	→	変（か）わる	變化	五段動詞
生（い）き残（のこ）ったり	→	生（い）き残（のこ）る	殘存	五段動詞

實用句型

…もし｜如果

原文——もし「お風呂（ふろ）とは体（からだ）をきれいにするもの」としか考（かんが）えずに…
（如果只認為「所謂的洗澡就是清潔身體」…）

活用——もしお風呂（ふろ）が熱（あつ）ければ、水（みず）を入（い）れて埋（う）めてください。
（如果洗澡水太熱，請加冷水中和。）

28 日本文化の今昔　日本不只是日本人的而已（4）

日本人が「日本人でよかった」と思うのは、大体はそんな日本独自の情緒を❶味わえる時に❷他なりません。

お風呂に❸ゆっくり❹浸かったり、❺縁側でお茶を飲みながら景色を❻眺めたりするような、❼なんでもない❽ひと時にそれは❾潜んでいます。

そうした❿安らぎや幸せは、深く⓫落ち着いた情緒となって日本文化の根底を流れているのです。

日本文化的過往今來（4）

日本人會覺得「當日本人真好」，大概❷只有在❶可以體驗那種日本獨特情趣的時候。

像是❸舒服地❹浸泡在浴缸中，或是在❺日式緣廊一邊喝茶、一邊❻眺望風景；在❼平淡無奇的❽短暫的時光裡，那種獨特的情趣就❾隱藏其中。

那種❿寧靜和幸福，形成深刻而⓫沉穩的情緒，在日本文化的根基中流動著。

重要單字

文章出現的		原形	意義	詞性
浸かったり	→	浸かる	浸泡	五段動詞
飲みながら	→	飲む	喝	五段動詞
眺めたり	→	眺める	眺望	下一段動詞
潜んで	→	潜む	隱藏	五段動詞
落ち着いた	→	落ち着く	沉穩	五段動詞

實用句型

…となって｜變成…

原文──そうした安らぎや幸せは、深く落ち着いた情緒となって日本文化の根底を流れているのです。

（那種寧靜和幸福，形成深刻而沉穩的情緒，在日本文化的根基中流動著。）

活用──スタッフが一丸となって、いい仕事を残しました。

（工作人員團結一致，完成優秀的工作成果。）

28 日本文化の今昔 日本不只是日本人的而已（5）

しかし、そんな日本独自の精神文化は日本人だけが理解できるものではありません。

多くの❶日本びいきの外国人に理由を聞くと、多くの人は「日本的情緒が好き」だと言います。

❷言葉では言えなくても、その微妙な❸味わいに❹なぜか❺惹かれるのだそうです。特に最近では、日本人とまったく同じように日本語を❻しゃべり、日本の情緒を愛好する外国人も❼増えています。

日本文化的過往今來（5）

但是那種日本獨特的精神文化，並非是只有日本人才能理解的東西。

如果詢問那麼多的❶偏愛日本的外國人理由，許多人會說「喜歡日式的情趣」。

據說是即使無法用❷話語表達，但對於那種微妙的❸風味，❹不知為何就是❺會被吸引。尤其是最近，和日本人完全一樣地❻說日語、喜歡日式情趣的外國人也❼越來越多。

重要單字

文章出現的		原形	意義	詞性
理解できる	→	理解する	理解	サ行変格動詞
言います	→	言う	說	五段動詞
しゃべり	→	しゃべる	說	五段動詞
増えて	→	増える	增加	下一段動詞

實用句型

…が好き｜喜歡

原文——多くの人は「日本的情緒が好き」だと言います。
　　　　（許多人會說「喜歡日式的情趣」。）
活用——日本人は、懐古番組が好きです。
　　　　（日本人喜歡看懷舊節目。）

28 日本文化の今昔 日本不只是日本人的而已（6）

文化とは精神の代名詞であり、❶青い目の白人が和服を着て❷畳に坐っていたら、それはその人が精神的に日本人だからです。

文化とは無形のものであるので、本来は人種とか❸肌の色といった有形なものとは❹無関係なのです。

ある❺落語家の❻ブログにはこうありました。
「神社に行ったら、❼外人二人が和服を着ていた。私は❽洋服に❾ネクタイ。❿なにもかもあべこべ。」

日本文化的過往今來（6）

所謂的文化，是精神的代名詞，如果一個❶藍眼睛的白人穿和服坐在❷榻榻米上，那是因為那個人在精神上是日本人。

因為文化是無形的東西，所以原本就和人種或❸膚色等有形的東西❹毫無關連。

在某個❺單人相聲表演者的❻部落格，有如下的文字：
「一到神社，結果看到兩個❼外國人穿著和服，我則是❽西裝上打❾領帶，❿一切都顛倒了。」

重要單字

文章出現的		原形	意義	詞性
着(き)て	→	着(き)る	穿著	上一段動詞
坐(すわ)って	→	坐(すわ)る	坐	五段動詞
ありました	→	ある	有（事物）	五段動詞
行(い)ったら	→	行(い)く	去	五段動詞

實用句型

…本来(ほんらい)は｜原本

原文——本来(ほんらい)は人種(じんしゅ)とか肌(はだ)の色(いろ)といった有形(ゆうけい)なものとは無関係(むかんけい)なのです。
　　　（原本就和人種或膚色等有形的東西毫無關連。）
活用——現存人類(げんそんじんるい)は、黒人(こくじん)も白人(はくじん)も黄人(おうじん)も本来(ほんらい)はみな同(おな)じ先祖(せんぞ)です。
　　　（現存的人類不管是黑人、白人或黃種人，原本大家都是相同的祖先。）

28　日本文化の今昔　日本不只是日本人的而已（7）

「もし日本に日本人がいなくなっても、外人が和服を着て神社に❶初詣し、❷お雑煮を食べて日本文化を❸守る時代が来るかもしれない。」

これからは国籍や人種に関係なく、それを愛する人がその国の文化を❹受け継いでいく時代が来るのでしょう。

日本文化的過往今來（7）

「如果在日本沒有日本人了，外國人穿和服到神社❶進行新年參拜、吃❷年糕湯、❸守護日本文化的時代，或許就會到來。」

從今以後，無關國籍與人種，喜愛該國文化的人，繼續❹繼承該國文化的時代將會來臨吧。

重要單字

文章出現的		原形	意義	詞性
いなく	→	いる	有（人）	上一段動詞
初詣し	→	初詣する	新年參拜	サ行變格動詞
食べて	→	食べる	吃	下一段動詞
受け継いで	→	受け継ぐ	繼承	五段動詞

實用句型

…関係なく｜無關

原文──これからは国籍や人種に関係なく…
　　　　（今後，無關國籍與人種…）

活用──国に関係なく、犬は人間の友達です。
　　　　（不論在哪一個國家，狗都是人類的朋友。）

檸檬樹

赤系列 37

日本的今昔物語【APP 行動學習版】：
日中對譯全彩圖文＋音檔＋全書測驗
（iOS / Android 適用）

初版1刷　2024年12月5日

作者	高島匡弘
封面設計	陳文德
版型設計	陳文德
責任主編	黃冠禎
社長・總編輯	何聖心
發行人	江媛珍
出版發行	檸檬樹國際書版有限公司
	lemontree@treebooks.com.tw
	電話：02-29271121　傳真：02-29272336
	地址：新北市235中和區中安街80號3樓
法律顧問	第一國際法律事務所 余淑杏律師
	北辰著作權事務所 蕭雄淋律師
全球總經銷	知遠文化事業有限公司
	電話：02-26648800　傳真：02-26648801
	地址：新北市222深坑區北深路三段155巷25號5樓
港澳地區經銷	和平圖書有限公司
	電話：852-28046687　傳真：850-28046409
	地址：香港柴灣嘉業街12號百樂門大廈17樓
定價	台幣529元／港幣176元
劃撥帳號	戶名：19726702・檸檬樹國際書版有限公司
	・單次購書金額未達400元，請另付60元郵資
	・ATM・劃撥購書需7-10個工作天

版權所有・侵害必究 本書如有缺頁、破損，請寄回本社更換

日本的今昔物語(APP行動學習版) / 高島匡弘
作. -- 初版. -- 新北市：
檸檬樹國際書版有限公司, 2024.12

面；　公分. -- (赤系列 ; 37)

ISBN 978-626-98008-1-0(平裝)

1.CST: 日語 2.CST: 讀本

803.18　　　　　　　　　　113016856

檸檬樹

檸檬樹